NÂZIM HİKMET

Henüz Vakit Varken Gülüm

Seçme Şiirler

Hazırlayan
Raşit Çavaş

YAPI KREDİ YAYINLARI

Yapı Kredi Yayınları – 2689
Doğan Kardeş – 213
—ilkgençlik—

Henüz Vakit Varken Gülüm / Nâzım Hikmet
Hazırlayan: Raşit Çavaş

Kapak tasarımı: Nahide Dikel

Baskı: A4 Ofset Matbaacılık San. ve Tic. Ltd. Şti.
Otosanayi Sitesi Yeşilce Mah. Donanma Sok.
No: 16 Seyrantepe - Kağıthane / İstanbul
Tel: (0212) 281 64 48
Sertifika No: 12168

1. baskı: İstanbul, Nisan 2008
37. baskı: İstanbul, Ocak 2018
ISBN 978-975-08-1406-8

Yapı Kredi Kültür Sanat Yayıncılık Ticaret ve Sanayi A.Ş.
İstiklal Caddesi No: 161 Beyoğlu 34433 İstanbul
Telefon: (0212) 252 47 00 Faks: (0212) 293 07 23
http://www.ykykultur.com.tr
e-posta: ykykultur@ykykultur.com.tr
İnternet satış adresi: http://alisveris.yapikredi.com.tr

Yapı Kredi Kültür Sanat Yayıncılık
PEN International Publishers Circle üyesidir.

İÇİNDEKİLER

Sunuş

Dedesi şair Mehmet Nâzım Paşa'nın da etkisiyle çok küçük yaşlarda şiir yazmaya heves duyan Nâzım Hikmet çocukluğunda hangi etkiler altında ilk şiirlerini yazdığını dostu Zekeriya Sertel'e şöyle anlatır: "17 yaşında galiba ilk şiirim basıldı. Yani 'Serviliklerde', yani mezarlıklarda ağlayan, hayatında sevmiş ölüler üstüne idi. Yahya Kemal düzeltmişti birçok yerini. Sonra kızlara tutuldum. Şiir yazdım. Sonra Antant devletleri İstanbul'u işgal etti. Onlara karşı ve Anadolu savaşını tutan şiirler yazdım. Vicdan nedir, namus nedir, falan diye düşündüm, şiirler yazdım. Ama artık dilim temizce idi. Ve hece vezniyle de doğru dürüst kafiyelerle yazmasını da öğrenmiştim."

İstanbul'un işgali ortamında, işgal kuvvetlerinin halka yaptıkları zulüm ve baskıyı, birkaç canlı olayla iyice hisseden şair bunu şiirlerinde açıkça yansıtır. Bu duyguların bir yapıya geçmesinde Anadolu'yu yakından görmesi, Anadolu insanının çilesini, sefaletini gözlemlemesi büyük önem taşır. Bu gerçekçi tablo Nâzım'ın sanatını da etkileyecektir. Ekber Babayef, şairin Anadolu'yu gördükten, o güne kadar fark edemediği gerçeklerle karşılaştıktan sonra, yeni ve başka bir şiire gitmesi gerektiği yolundaki düşüncelerini kendi sözlerinden şöyle aktarır: "Anadolu'ya geçtim. Millet sıska, Nuh'tan kalma silahı, açlığı ve bitiyle savaşıyordu Yunan ordularına karşı. Milleti ve savaşını keşfettim. Şaştım, korktum, sevdim ve bütün bunları yazmak gerektiğini sezdim. Şiirle yeni şeylerin, şimdiye kadar söylenmemiş şeylerin ifade edilmesi gerektiğini sezdim. Bu işte önce beni yeni öze göre yeni bir şekil bulmak meselesi ilgilendirdi. İşe kafiyeden başladım. Kafiyeleri mısraların sonunda değil de bir sonda bir başta denedim."

Yeni bir şiir kurmak isteyen şair, Rus şiirine fütürizmi getiren Mayakovski'yi örnek alarak kurmak istediği şiirin altyapısını oluşturur. Nâzım Hikmet'in şiirinde köklü değişiklikler yaptığı ve ileride devam ederek değiştireceği, gitgide bir poetikaya dönüştüreceği asıl dönem olan 1929-32 yıllarında –yani *835 Satır, Jokond ile Si-Ya-U, Varan 3, 1+1=1, Sesini Kaybeden Şehir, Benerci Kendini Niçin Öldürdü, Gece Gelen Telgraf* isimli şiir kitaplarının basıldığı dönem– yayımladığı şiirleri biçim ve içerik özellikleriyle geleneksel şiir anlayışını kökünden yıkan örneklerdi. Bu vezinsiz, serbest şiirlerde dizeler, hatta sözcükler kırılarak merdiven basamakları biçiminde sıralanıyor, keskin uyaklar, iç uyaklar kullanılıyor, yeni konu ve sözcüklerle içerik zenginleştiriliyordu. Büyük ölçüde sözcüğün gerçek anlamında "orkestrasyon"una dayanan bu ürünlerin ortaya konulması o zamana değin süregelen yazım ve yazın tekniklerinin bir bireşimiydi. Bu düşünce ve uygulamaların özgünlüğü ve yeniliği konusunda yapılan eleştirilere rağmen, bazı önemli kalemler de (Ahmet Haşim ve Yakup Kadri gibi) övgü dolu sözler etmişlerdir.

1936'da yayımladığı *Simavne Kadısı Oğlu Şeyh Bedreddin Destanı* Nâzım Hikmet'in şiirinde bir dönemeç oluşturur. 1938'e kadar yazdıkları arasında bir başyapıt olarak nitelenen bu yapıttan kendisi daha sonra şöyle söz edecektir: "Bir sıra poemin sonuncusu *Bedreddin Destanı*'dır. Burada şekil bakımından, halk vezni unsurları, divan edebiyatı unsurları bence azami haddinde kullanılmıştır. Diğer taraftan bu kitap, şekil bakımından, o zamana kadar elde edebildiğim bütün şekil imkânlarının bir muhasebesiydi. Bu kitapta, biraz aceleye gelen ve ancak yarısı yazılabilen bu kitapçıkta, şekil bakımından bütün merhalelerimi, bazen bir parçada, bazen ayrı ayrı parçalarda kullanmak istedim. Bu kitaptan sonra, şekil meseleleri, hele hapise girdikten sonra, kafamda bir kat daha berraklaştı."

Nâzım Hikmet 1938'de başlayan cezaevi yıllarında yeni yeni denemeler yapıyor, şiirine değişik sesler, tonlar, söyleyiş özellikleri katmak istiyordu. 1939-40'ta yazdığı "Ceviz Ağacı ile Topal Yunus'un Hikâyesi", "Şaban Oğlu Selim ile Kitabı" gibi şiirleriyle eşi Piraye'ye mektup tarzında yazdığı şiirlerinde, şiirle öykü anlatmanın değişik yollarını araştırıyordu.

1941'de yazmaya başladığı *İnsan Manzaraları* ya da *Memleketimden İnsan Manzaraları*'nda II. Meşrutiyet'ten bu yana Türkiye'nin toplumsal tarihini yansıtmayı amaçlıyordu. Kendi başına ne şiir, ne öykü, ne roman, ne senaryo, ne oyun, ne tarih olan, ama bütün bu türlerden öğeler içeren bu kitap onun başyapıtı oldu.

Sovyetler Birliği yıllarında yazdığı şiirlerinde üslubunun daha yumuşadığı görülen şair, yurt özlemini, barışa, gelecek güzel günlere olan inancını, aşkı, umudu, umutsuzluğu, ölümü, "insana özgü olan her şeyi" konu alır. 1961'den başlayarak şiirinde yeni bir aşama sayılan "Saman Sarısı", "Havana Röportajı" gibi uzun şiirlerinde düzyazı ve özgür çağrışımlardan yararlanırken, şiirini gerçeküstü kavrayışın imkânlarına açar.

İsmi etrafında birçok polemik ve siyasi tartışma yapılan şair hakkında Cemal Süreya'nın tespiti, bütün bu polemik ve çekişmelere set çekecek niteliktedir: "Şimdilerde Nâzım Hikmet'i değerlendiren iki aşırı uç belirmiş bulunuyor: kimi yazar onu dünyanın en büyük şairi olarak anarken, kimi yazar da sadece siyasal bir bildirinin taşıyıcısı olarak görmek istiyor. Kuşkusuz bu iki ucun ikisi de siyasal bir tavırdan çıkıyor. Hele sosyalizme karşı olanların Nâzım Hikmet'in üstünü çizerken ileri sürdükleri kanıtlar bütünüyle şiir dışı şeyler. Bununla birlikte Nâzım Hikmet'i tapınılacak bir şair olarak görmeyi istemek de, sanırım, önce gerçekçilik açısından, onun anısına hayınlık etmek olacaktır."

Bu kitap, hem Türk şiirinde büyük bir çığır açmış hem modern dünya şiirinde Türkçeye yer açmış bu büyük şairle tanışmak için güzel bir buluşma yeri olması umuduyla hazırlandı.

Raşit Çavaş

Kitaptaki şiirler, YKY'nin "Delta" dizisinde yayımlanan Bütün Şiirleri *toplu basımından seçilmiş ve oradaki sırayla bu kitaba alınmıştır.*

GÜNEŞİ İÇENLERİN TÜRKÜSÜ

Bu bir türkü :-
toprak çanaklarda
güneşi içenlerin türküsü!
Bu bir örgü :-
alev bir saç örgüsü!
kıvranıyor;
kanlı, kızıl bir meş'ale gibi yanıyor
esmer alınlarında
bakır ayakları çıplak kahramanların!
Ben de gördüm o kahramanları,
ben de sardım o örgüyü,
ben de onlarla
güneşe giden
köprüden
geçtim!
Ben de içtim toprak çanaklarda güneşi.
Ben de söyledim o türküyü!

Yüreğimiz topraktan aldı hızını;
altın yeleli aslanların ağzını
yırtarak
gerindik!
Sıçradık;
şimşekli rüzgâra bindik!.
Kayalardan
kayalarla kopan kartallar
çırpıyor ışıkta yaldızlanan kanatlarını.

Alev bilekli süvariler kamçılıyor
şaha kalkan atlarını!

Akın var
güneşe akın!
Güneşi zaptedeceğiz
güneşin zaptı yakın!

Düşmesin bizimle yola :
evinde ağlayanların
göz yaşlarını
boynunda ağır bir
zincir
gibi taşıyanlar!
Bıraksın peşimizi
kendi yüreğinin kabuğunda yaşayanlar!

İşte :
şu güneşten
düşen
ateşte
milyonlarla kırmızı yürek yanıyor!

Sen de çıkar
göğsünün kafesinden yüreğini;
şu güneşten
düşen
ateşe fırlat;
yüreğini yüreklerimizin yanına at!

Akın var
güneşe akın!
Güneşi zaaptedeceğiz
güneşin zaptı yakın!

Biz topraktan, ateşten, sudan, demirden doğduk!
Güneşi emziriyor çocuklarımıza karımız,
toprak kokuyor bakır sakallarımız!
Neş'emiz sıcak!
kan kadar sıcak,
delikanlıların rüyalarında yanan
o «an»
kadar sıcak!
Merdivenlerimizin çengelini yıldızlara asarak,
ölülerimizin başlarına basarak
yükseliyoruz
güneşe doğru!

Ölenler
döğüşerek öldüler;
güneşe gömüldüler.
Vaktimiz yok onların matemini tutmaya!

Akın var
güneşe akın!
Güneşi zaaaptedeceğiz
güneşin zaptı yakın!

Üzümleri kan damlalı kırmızı bağlar tütüyor!
Kalın tuğla bacalar
kıvranarak
ötüyor!
Haykırdı en önde giden,
emreden!
Bu ses!
Bu sesin kuvveti,
bu kuvvet
yaralı aç kurtların gözlerine perde
vuran,
onları oldukları yerde
durduran
kuvvet!
Emret ki ölelim
emret!
Güneşi içiyoruz sesinde!
Coşuyoruz,
coşuyor!..
Yangınlı ufukların dumanlı perdesinde
mızrakları göğü yırtan atlılar koşuyor!

Akın var
güneşe akın!
Güneşi zaaaaptedeceğiz
güneşin zaptı yakın!

Toprak bakır
gök bakır.
Haykır güneşi içenlerin türküsünü,
Hay-kır
Haykıralım!

1924

SALKIMSÖĞÜT

Akıyordu su
gösterip aynasında söğüt ağaçlarını.
Salkımsöğütler yıkıyordu suda saçlarını!
Yanan yalın kılıçları çarparak söğütlere
koşuyordu kızıl atlılar güneşin battığı yere!
Birden
bire kuş gibi
        vurulmuş gibi
                kanadından
yaralı bir atlı yuvarlandı atından!
Bağırmadı,
gidenleri geri çağırmadı,
baktı yalnız dolu gözlerle
        uzaklaşan atlıların parıldayan nallarına!

Ah ne yazık!
        Ne yazık ki ona
dörtnal giden atların köpüklü boynuna bir daha yatmayacak,
beyaz orduların ardında kılıç oynatmayacak!

Nal sesleri sönüyor perde perde,
atlılar kayboluyor güneşin battığı yerde!

Atlılar atlılar kızıl atlılar,
atları rüzgâr kanatlılar!
Atları rüzgâr kanat...
Atları rüzgâr...
Atları...
At...

Rüzgâr kanatlı atlılar gibi geçti hayat!

Akar suyun sesi dindi.
Gölgeler gölgelendi
                    renkler silindi.
Siyah örtüler indi
                    mavi gözlerine,
sarktı salkımsöğütler
                         sarı saçlarının
                                   üzerine!

Ağlama salkımsöğüt
                         ağlama,
Kara suyun aynasında el bağlama!
                                        el bağlama!
                                             ağlama!

1928

Ufuklardan ufuklara
Ordu ordu köpüklü mor dalgalar koşuyordu;
Hazer rüzgârların dilini konuşuyor balam,
konuşup coşuyordu!
Kim demiş "çört vazmi!"
Hazer ölü bir göle benzer!
Uçsuz bucaksız başı boş tuzlu bir sudur Hazer!
Hazerde dost gezer, e.....y!..
düşman gezer!

Dalga bir dağdır
kayık bir geyik!
Dalga bir kuyu
kayık bir kova!
Çıkıyor kayık
iniyor kayık,
devrilen
bir atın
sırtından inip,
şahlanan
bir ata
biniyor kayık

Ve Türkmen kayıkçı
dümenin yanına bağdaş kurup oturmuş.
Başında kocaman kara bir papak;
bu papak değil :
tüylü bir koyunu karnından yarıp
geçirmiş başına!
Koyunun tüyleri düşmüş kaşına!

Çıkıyor kayık
iniyor kayık

Ve kayıkçı
"Türkmenistanlı bir Buda heykeli" gibi
dümenin yanına bağdaş kurup oturmuş,
fakat, sanma ki Hazerin karşısında elpençe divan durmuş!
O bir Buda heykelinin
taştan sükûnu gibi kendinden emin
dümenin yanına bağdaş kurup oturmuş.

Bakmıyor
kayığa
sarılan
sulara!
Bakmıyor
çatlayıp
yarılan
sulara!

Çıkıyor kayık
iniyor kayık,
devrilen
bir atın
sırtından inip
şahlanan
bir ata
biniyor kayık!

— Yaman esiyor be karayel yaman!
Sakın özünü Hazerin hilesinden aman!
Aman oyun oynamasın sana rüzgâr!

— Aldırma anam ne çıkar?
Ne çıkar
kudurtsun
karayel
suları,
Hazerde doğanın
Hazerdir mezarı!

Çıkıyor kayık
                  iniyor kayık
çıkıyor ka...
iniyor ka...
Çık...
in...
çık...

1928

KEREM GİBİ

Hava kurşun gibi ağır!!
Bağır
bağır
bağır
bağırıyorum.
Koşun
kurşun
erit-
-meğe
çağırıyorum...

O diyor ki bana :
— Sen kendi sesinle kül olursun ey!
Kerem
gibi
yana
yana...
"Deeeert
çok,
hemdert
yok"
Yürek-
-lerin
kulak-
-ları
sağır...
Hava kurşun gibi ağır...

Ben diyorum ki ona :
— Kül olayım
Kerem
gibi
yana
yana.
Ben yanmasam
sen yanmasan
biz yanmasak,
nasıl
çıkar
karan-
-lıklar
aydın-
-lığa..

Hava toprak gibi gebe.
Hava kurşun gibi ağır.
Bağır
bağır
bağır
bağırıyorum.
Koşun
kurşun
erit-
-meğe
çağırıyorum.....

1930 Mayıs

MAVİ GÖZLÜ DEV, MİNNACIK KADIN VE HANIMELLERİ

O mavi gözlü bir devdi.
Minnacık bir kadın sevdi.
Kadının hayali minnacık bir evdi,
bahçesinde ebruliii
hanımeli
açan bir ev.

Bir dev gibi seviyordu dev.
Ve elleri öyle büyük işler için
hazırlanmıştı ki devin,
yapamazdı yapısını,
çalamazdı kapısını
bahçesinde ebruliiii
hanımeli
açan evin.

O mavi gözlü bir devdi.
Minnacık bir kadın sevdi.
Mini minnacıktı kadın.
Rahata acıktı kadın
yoruldu devin büyük yolunda.
Ve elveda! deyip mavi gözlü deve,
girdi zengin bir cücenin kolunda
bahçesinde ebruliiii
hanımeli
açan eve.

Şimdi anlıyor ki mavi gözlü dev,
dev gibi sevgilere mezar bile olamaz :
bahçesinde ebruliiiii
                    hanımeli
                            açan ev..

GÜNEŞİN SOFRASINDA SÖYLENEN TÜRKÜ

Dalgaları karşılıyan gemiler gibi,
gövdelerimizle karanlıkları yara yara
çıktık, rüzgârları en serin
uçurumları en derin
havaları en ışıklı sıra dağlara.
Arkamızda bir düşman gözü gibi karanlığın yolu.
Önümüzde bakır taslar güneş dolu.
Dostların arasındayız!
Güneşin sofrasındayız!

Dağlarda gölgeniz göklere vursun,
göz göze
yan yana
durun çocuklar.
Tasları birbirine vurun çocuklar.
Doldurun çocuklar,
doldurun
doldurun
doldur içelim.
Başları
göklere
atalım
serden geçelim..
Heeey, nerden geçelim?
Yalnayak
koşarak
devlerin
geçtiği
yerden geçelim.

Heeey
hop
Heeeey
hep
birden geçelim.
Doldurun çocuklar,
doldurun
doldurun
doldur içelim.

Dostların arasındayız!
Güneşin sofrasındayız!

BİR AYRILIŞ HİKÂYESİ

Erkek kadına dedi ki :
— Seni seviyorum,
ama nasıl,
avuçlarımda camdan bir şey gibi kalbimi sıkıp
parmaklarımı kanatarak
kırasıya,
çıldırasıya...
Erkek kadına dedi ki :
— Seni seviyorum,
ama nasıl,
kilometrelerle derin, kilometrelerle dümdüz,
yüzde yüz, yüzde bin beş yüz,
yüzde hudutsuz kere yüz...

Kadın erkeğe dedi ki :
— Baktım
dudağımla, yüreğimle, kafamla;
severek, korkarak, eğilerek,
dudağına, yüreğine, kafana.
Şimdi ne söylüyorsam
karanlıkta bir fısıltı gibi sen öğrettin bana..
Ve ben artık
biliyorum :
Toprağın —
yüzü güneşli bir ana gibi —
en son en güzel çocuğunu emzirdiğini..

Fakat neyleyim
saçlarım dolanmış
ölmekte olanın parmaklarına
başımı kurtarmam kabil
değil!
Sen
yürümelisin,
yeni doğan çocuğun
gözlerine bakarak..
Sen
yürümelisin,
beni bırakarak...

Kadın sustu.

SARILDILAR

Bir kitap düştü yere...
Kapandı bir pencere...

AYRILDILAR...

ŞİİRİME DAİR

Ne binecek sırma palanlı bir atım,
ne bilmem nerden gelirâtım,
ne mülküm, ne malım var.
Sade bir çanak balım var.
Rengi ateşten al
                    bir çanak bal!

Balım her şeyim benim..
Ben
mülkümü ve malımı
yâni bir çanak balımı
koruyorum haşarattan.
Bekle kardeşim bekle..
Çanağımda
balım olsun,
gelir arısı
            Bağdattan..

ORHAN SELİM

Benim sıska
          benim cılız
          benim zavallı çocuğum Orhan Selim!
Sen
    benim,
ne gözüm
          ne kolum
                ne kafamsın;
sen
    benim,
bir kurşun balyası gibi, sıska sırtına bindiğim
ve alnının teriyle geçindiğim
                        ilk
                          ve son adamsın!

Sana sevgi
          sana saygı
          sana minnetle uzanıyor elim.
Sen
    yaptığı iyiliği yüze vuran değilsin
ve ben
        nankör değilim..

Benim sıska
          benim cılız
          ve üstüne üstlük
          bir yudumluk soluğuna bakmadan
          şişirilmiş davulların arasında
          türkü söylemeğe kalkan
          benim sersem çocuğum Orhan Selim!

Kalmasın
          hatırın
                ama,

yok okumağa
değer
bir tek satırın!
Böyle hiç
bu kadar boş
bundan daha kötü verim verilmez!
Deme ki, "gösterilmez
daha usta bir marifet iki papele!"
Bak :
içleri boş kalıpları fırlatarak, tutarak
cümlelerde senden iyi hokkabazlık yapıyor
delikanlı doçentlerin en cahili bile!..

Benim sıska
benim cılız
benim zavallı çocuğum Orhan Selim!
Bu sözlerim
yüreğini ters taraftan sarmasın,
yüzün kızarmasın!
Boş ver, aldırma pek!
Kötünün kötüsü yazman gerek!
Bu
bence daha doğru
daha iyi!..
Yalnız unutma bir şeyi :
yorulur da
ayağın kayarsa eğer
seni herkesten önce ben
taşlarım!
Fakat bugün
sende beni sattığını gösteren
bir tek satır bulanın
alnını karışlarım!

KARIMA MEKTUP

33 - 11 - 11
Bursa
Hapisane

Bir tanem!
Son mektubunda :
"Başım sızlıyor
yüreğim sersem!"
diyorsun
"Seni asarlarsa
seni kaybedersem;"
diyorsun;
"yaşıyamam!"

Yaşarsın karıcığım,
kara bir duman gibi dağılır hatıram rüzgârda;
yaşarsın, kalbimin kızıl saçlı bacısı
en fazla bir yıl sürer
yirminci asırlılarda
ölüm acısı.
Ölüm
bir ipte sallanan bir ölü.
Bu ölüme bir türlü
razı olmuyor gönlüm.
Fakat
emin ol ki sevgili;
zavallı bir çingenenin
kıllı, siyah bir örümceğe benzeyen eli
geçirecekse eğer
ipi boğazıma,

mavi gözlerimde korkuyu görmek için
                    boşuna bakacaklar
                              Nâzıma!

Ben,
alaca karanlığında son sabahımın
dostlarımı ve seni göreceğim,
ve yalnız
yarı kalmış bir şarkının acısını
                    toprağa götüreceğim...
Karım benim!
İyi yürekli,
altın renkli,
gözleri baldan tatlı arım benim;
ne diye yazdım sana
            istendiğini idamımın,
daha dâva ilk adımında
ve bir şalgam gibi koparmıyorlar
                    kellesini adamın.
Haydi bunlara boş ver.
Bunlar uzak bir ihtimal.
Paran varsa eğer
      bana fanile bir don al,
tuttu bacağımın siyatik ağrısı.
Ve unutma ki
daima iyi şeyler düşünmeli
            bir mahpusun karısı.

[SİMAVNE KADISI OĞLU ŞEYH BEDREDDİN DESTANI'ndan]

10.

Karanlıkta durdular.
Sözü O aldı, dedi :
"— Ayasluğ şehrinde pazar kurdular.
Yine kimin dostlar
                    yine kimin boynun vurdular?"

Yağmur
            yağıyordu boyuna.
Sözü onlar alıp
            dediler ona :
"— Daha pazar
            kurulmadı
                        kurulacak.
Esen rüzgâr
            durulmadı
                        durulacak.
Boynu daha
            vurulmadı
                        vurulacak."

Karanlık ıslanırken perde perde
belirdim onların olduğu yerde
sözü ben aldım, dedim :
"— Ayasluğ şehrinin kapısı nerde?
                        Göster geçeyim!
Kalesi var mı?
Söyle yıkayım.
Baç alırlar mı?
            De ki vermeyim!"

Sözü O aldı, dedi :
"— Ayasluğ şehrinin kapısı dardır.
Girip çıkılmaz.
Kalesi vardır,
kolay yıkılmaz.
Var git al atlı yiğit
var git işine!.."

Dedim : "— Girip çıkarım!"
Dedim : "— Yakıp yıkarım!"
Dedi : "— Yağış kesildi
gün ağarıyor.
Cellât Ali,
Mustafayı
çağırıyor!
Var git al atlı yiğit
var git işine!..."

Dedim : "— Dostlar
bırakın beni
bırakın beni.
Dostlar
göreyim onu
göreyim onu!
Sanmayınız
dayanamam.
Sanmayınız
yandığımı
el âleme belli etmeden yanamam!

Dostlar
'Olmaz!' demeyin,
'Olmaz!' demeyin boşuna.
Sapından kopacak armut değil bu
armut değil bu,

yaralı olsa da düşmez dalından;
bu yürek
bu yürek benzemez serçe kuşuna
                serçe kuşuna!

Dostlar
biliyorum!
Dostlar
biliyorum nerde, ne haldedir O!
Biliyorum
gitti gelmez bir daha!
Biliyorum
bir deve hörgücünde
kanıyan bir çarmıha
çırılçıplak bedeni
mıhlıdır kollarından.
Dostlar
bırakın beni
bırakın beni.
Dostlar
bir varayım göreyim
göreyim
Bedreddin kullarından
Börklüce Mustafayı
Mustafayı."

Boynu vurulacak iki bin adam,
Mustafa ve çarmıhı
cellât, kütük ve satır
her şey hazır
            her şey tamam.

Kızıl sırma işlemeli bir haşa
altın üzengiler
kır bir at.
Atın üstünde kalın kaşlı bir çocuk
Amasya padişahı şehzade sultan Murat.
Ve yanında onun
bilmem kaçıncı tuğuna ettiğim Bayezid Paşa!

Satırı çaldı cellât.
Çıplak boyunlar yarıldı nar gibi,
yeşil bir daldan düşen elmalar gibi
birbiri ardınca düştü başlar.
Ve her baş düşerken yere
çarmıhından Mustafa
baktı son defa.
Ve her yere düşen başın
kılı depremedi :
— İriş
Dede sultanım iriş!
dedi bir,
başka bir söz demedi..

[KUVÂYİ MİLLİYE'den: 1]

Onlar ki toprakta karınca,
suda balık,
havada kuş kadar
çokturlar;
korkak,
cesur,
câhil,
hakîm
ve çocukturlar
ve kahreden
yaratan ki onlardır,
destânımızda yalnız onların mâceraları vardır.

Onlar ki uyup hainin iğvâsına
sancaklarını elden yere düşürürler
ve düşmanı meydanda koyup
kaçarlar evlerine
ve onlar ki bir nice murtada hançer üşürürler
ve yeşil bir ağaç gibi gülen
ve merasimsiz ağlayan
ve ana avrat küfreden ki onlardır,
destânımızda yalnız onların mâceraları vardır.

Demir,
kömür
ve şeker
ve kırmızı bakır
ve mensucat
ve sevda ve zulüm ve hayat

ve bilcümle sanayi kollarının
ve gökyüzü
ve sahra
ve mavi okyanus
ve kederli nehir yollarının,
sürülmüş toprağın ve şehirlerin bahtı
bir şafak vakti değişmiş olur,
bir şafak vakti karanlığın kenarından
onlar ağır ellerini toprağa basıp
doğruldukları zaman.

En bilgin aynalara
en renkli şekilleri aksettiren onlardır.
Asırda onlar yendi, onlar yenildi.
Çok sözler edildi onlara dair
ve onlar için :
zincirlerinden başka kaybedecek şeyleri yoktur,
denildi.

[KUVÂYİ MİLLİYE'den: 2]

Ayın altında kağnılar gidiyordu.
Kağnılar gidiyordu Akşehir üstünden Afyon'a doğru.
Toprak öyle bitip tükenmez,
dağlar öyle uzakta,
sanki gidenler hiçbir zaman
hiçbir menzile erişmiyecekti.
Kağnılar yürüyordu yekpare meşeden tekerlekleriyle.
Ve onlar
ayın altında dönen ilk tekerlekti.
Ayın altında öküzler
başka ve çok küçük bir dünyadan gelmişler gibi
ufacık, kısacıktılar,
ve pırıltılar vardı hasta, kırık boynuzlarında
ve ayakları altından akan
toprak,
toprak
ve topraktı.
Gece aydınlık ve sıcak
ve kağnılarda tahta yataklarında
koyu mavi humbaralar çırılçıplaktı.
Ve kadınlar
birbirlerinden gizliyerek
bakıyorlardı ayın altında
geçmiş kafilelerden kalan öküz ve tekerlek ölülerine.
Ve kadınlar,
bizim kadınlarımız :
korkunç ve mübarek elleri,
ince, küçük çeneleri, kocaman gözleriyle
anamız, avradımız, yârimiz
ve sanki hiç yaşamamış gibi ölen

ve soframızdaki yeri
öküzümüzden sonra gelen
ve dağlara kaçırıp uğrunda hapis yattığımız
ve ekinde, tütünde, odunda ve pazardaki
ve karasabana koşulan
ve ağıllarda
ışıltısında yere saplı bıçakların
oynak, ağır kalçaları ve zilleriyle bizim olan
kadınlar,
bizim kadınlarımız
şimdi ayın altında
kağnıların ve hartuçların peşinde
harman yerine kehribar başaklı sap çeker gibi
aynı yürek ferahlığı,
aynı yorgun alışkanlık içindeydiler.
Ve on beşlik şarapnelin çeliğinde
ince boyunlu çocuklar uyuyordu.
Ve ayın altında kağnılar
yürüyordu Akşehir üstünden Afyon'a doğru.

[KUVÂYİ MİLLİYE'den: 3]

Saat 2.30.

Kocatepe yanık ve ihtiyar bir bayırdır,
ne ağaç, ne kuş sesi,
                    ne toprak kokusu vardır.
Gündüz güneşin,
                    gece yıldızların altında kayalardır.
Ve şimdi gece olduğu için
ve dünya karanlıkta daha bizim,
                    daha yakın,
                              daha küçük kaldığı için
ve bu vakitlerde topraktan ve yürekten
                    evimize, aşkımıza ve kendimize dair
                                        sesler geldiği için
kayalıklarda şayak kalpaklı nöbetçi
okşayarak gülümseyen bıyığını
                    seyrediyordu Kocatepe'den
                              dünyanın en yıldızlı karanlığını.
Düşman üç saatlik yerdedir
ve Hıdırlık-tepesi olmasa
          Afyonkarahisar şehrinin ışıkları gözükecek.
Kuzeydoğuda Güzelim-dağları
ve dağlarda tek
                    tek
                              ateşler yanıyor.
Ovada Akarçay bir pırıltı halinde
ve şayak kalpaklı nöbetçinin hayalinde
                    şimdi yalnız suların yaptığı bir yolculuk var :
Akarçay belki bir akar su,
                    belki bir ırmak,
                              belki küçücük bir nehirdir.

Akarçay Dereboğazı'nda değirmenleri çevirip
ve kılçıksız yılan balıklarıyla
Yedişehitler kayasının gölgesine girip
çıkar.
Ve kocaman çiçekleri eflâtun
kırmızı
beyaz
ve sapları bir, bir buçuk adam boyundaki
haşhaşların arasından akar.
Ve Afyon önünde
Altıgözler Köprüsü'nün altından
gündoğuya dönerek
ve Konya tren hattına rastlayıp yolda
Büyükçobanlar Köyü'nü solda
ve Kızılkilise'yi sağda bırakıp
gider.

Düşündü birdenbire kayalardaki adam
kaynakları ve yolları düşman elinde kalan bütün nehirleri.
Kim bilir onlar ne kadar büyük,
ne kadar uzundular?
Birçoğunun adını bilmiyordu,
yalnız, Yunan'dan önce ve Seferberlik'ten evvel
Selimşahlar Çiftliği'nde ırgatlık ederken Manisa'da
geçerdi Gediz'in sularını başı dönerek.

Dağlarda tek
tek
ateşler yanıyordu.
Ve yıldızlar öyle ışıltılı, öyle ferahtılar ki
şayak kalpaklı adam
nasıl ve ne zaman geleceğini bilmeden
güzel, rahat günlere inanıyordu
ve gülen bıyıklarıyla duruyordu ki mavzerinin yanında,

birdenbire beş adım sağında onu gördü.
Paşalar onun arkasındaydılar.
O, saatı sordu.
Paşalar : "Üç," dediler.
Sarışın bir kurda benziyordu.
Ve mavi gözleri çakmak çakmaktı.
Yürüdü uçurumun başına kadar,
eğildi, durdu.
Bıraksalar
ince, uzun bacakları üstünde yaylanarak
ve karanlıkta akan bir yıldız gibi kayarak
Kocatepe'den Afyon ovasına atlıyacaktı.

[Piraye için yazılmış şiirler:
SAAT 21-22 ŞİİRLERİ'nden]

Ne güzel şey hatırlamak seni :
ölüm ve zafer haberleri içinden,
hapiste
ve yaşım kırkı geçmiş iken...

Ne güzel şey hatırlamak seni :
bir mavi kumaşın üstünde unutulmuş olan elin
ve saçlarında
vakur yumuşaklığı canımın içi İstanbul toprağının...
İçimde ikinci bir insan gibidir
                    seni sevmek saadeti....
Parmakların ucunda kalan kokusu sardunya yaprağının,
güneşli bir rahatlık
ve etin daveti :
            kıpkızıl çizgilerle bölünmüş
                                sıcak
                                    koyu bir karanlık...

Ne güzel şey hatırlamak seni,
yazmak sana dair,
hapiste sırtüstü yatıp seni düşünmek :
filânca gün, falanca yerde söylediğin söz,
                            kendisi değil
                                edasındaki dünya...

Ne güzel şey hatırlamak seni.
Sana tahtadan bir şeyler oymalıyım yine :
bir çekmece
bir yüzük,
ve üç metre kadar ince ipekli dokumalıyım.
Ve hemen
fırlayarak yerimden
penceremde demirlere yapışarak
hürriyetin sütbeyaz maviliğine
sana yazdıklarımı bağıra bağıra okumalıyım...

Ne güzel şey hatırlamak seni :
ölüm ve zafer haberleri içinden,
hapiste
ve yaşım kırkı geçmiş iken...

23 EYLÜL 1945

O şimdi ne yapıyor
                    şu anda, şimdi, şimdi?
Evde mi, sokakta mı,
çalışıyor mu, uzanmış mı, ayakta mı?
Kolunu kaldırmış olabilir,
— hey gülüm,
          beyaz, kalın bileğini nasıl da çırçıplak eder bu hareketi!.. —

O şimdi ne yapıyor,
                    şu anda, şimdi, şimdi?
Belki dizinde bir kedi yavrusu var,
                                        okşuyor.
Belki de yürüyordur, adımını atmak üzredir,
— her kara günümde onu bana tıpış tıpış getiren
                                        sevgili, canımın içi ayaklar!.. —
Ve ne düşünüyor
                    beni mi?
Yoksa
          ne bileyim
                    fasulyanın neden bir türlü pişmediğini mi?
Yahut, insanların çoğunun
                    neden böyle bedbaht olduğunu mu?

O şimdi ne düşünüyor,
                              şu anda, şimdi, şimdi?...

24 EYLÜL 1945

En güzel deniz :
henüz gidilmemiş olanıdır.
En güzel çocuk :
henüz büyümedi.
En güzel günlerimiz :
henüz yaşamadıklarımız.
Ve sana söylemek istediğim en güzel söz :
henüz söylememiş olduğum sözdür.

[DÖRT HAPİSHANEDEN'den]

3

Memleketimi seviyorum :
Çınarlarında kolan vurdum, hapisanelerinde yattım.
Hiçbir şey gidermez iç sıkıntımı
memleketimin şarkıları ve tütünü gibi.

Memleketim :
Bedreddin, Sinan, Yunus Emre ve Sakarya,
kurşun kubbeler ve fabrika bacaları
benim o kendi kendinden bile gizleyerek
sarkık bıyıkları altından gülen halkımın eseridir.

Memleketim.
Memleketim ne kadar geniş :
dolaşmakla bitmez, tükenmez gibi geliyor insana.
Edirne, İzmir, Ulukışla, Maraş, Trabzon, Erzurum.
Erzurum yaylasını yalnız türkülerinden tanıyorum
ve güneye
pamuk işleyenlere gitmek için
Toroslardan bir kerre olsun geçemedim diye
utanıyorum.

Memleketim :
develer, tiren, Ford arabaları ve hasta eşekler,
kavak
söğüt
ve kırmızı toprak.

Memleketim.
Çam ormanlarını, en tatlı suları ve dağ başı göllerini seven
alabalık
ve onun yarım kiloluğu
pulsuz, gümüş derisinde kızıltılarla
Bolu'nun Abant gölünde
yüzer.

Memleketim :
Ankara ovasında keçiler :
kumral, ipekli, uzun kürklerin pırıldaması.
Yağlı, ağır fındığı Giresun'un.
Al yanakları mis gibi kokan Amasya elması,
zeytin
incir
kavun
ve renk renk
salkım salkım üzümler
ve sonra karasaban
ve sonra kara sığır
ve sonra : ileri, güzel, iyi
her şeyi
hayran bir çocuk sevinciyle kabule hazır
çalışkan, namuslu, yiğit insanlarım
yarı aç, yarı tok
yarı esir...

TÜRK KÖYLÜSÜ

Topraktan öğrenip
kitapsız bilendir,
Hoca Nasreddin gibi ağlayan
Bayburtlu Zihni gibi gülendir.
Ferhad'dır,
Kerem'dir,
ve Keloğlandır.
Yol görünür onun garip serine,
analar, babalar umudu keser.
Kahbe felek ona eder oyunu.
Çarşambayı sel alır,
bir yâr sever
el alır,
kanadı kırılır
çöllerde kalır,
ölmeden mezara koyarlar onu.
O, "Yunusu biçâredir,"
baştan ayağa yâredir,"
ağu içer su yerine.
Fakat bir kerre bir derd anlayan düşmesin önlerine
ve bir kerre vakterişip :
"— Gayrık, yeter!.."
demesinler.
Ve bir kerre dediler mi :
"İsrafil surunu urur
mahlukat yerinden durur",
toprağın nabzı başlar
onun nabızlarında atmağa.
Ne kendi nefsini korur
ne düşmanı kayırır,
"Dağları yırtıp ayırır,
kayaları kesip yol eyler âbıhayat akıtmağa..."

BİR CEZAEVİNDE, TECRİTTEKİ ADAMIN MEKTUPLARI

1

Senin adını
kol saatımın kayışına tırnağımla kazıdım.
Malum ya, bulunduğum yerde
ne sapı sedefli bir çakı var,
(bizlere âlât-ı-katıa verilmez),
        ne de başı bulutlarda bir çınar.
Belki avluda bir ağaç bulunur ama
gökyüzünü başımın üstünde görmek
                                bana yasak...
Burası benden başka kaç insanın evidir?
Bilmiyorum.
Ben bir başıma onlardan uzağım,
hep birlikte onlar benden uzak.
Bana kendimden başkasıyla konuşmak
                                        yasak.
Ben de kendi kendimle konuşuyorum.
Fakat çok can sıkıcı bulduğumdan sohbetimi
                                şarkı söylüyorum karıcığım.
Hem, ne dersin,
o berbat, ayarsız sesim
                öyle bir dokunuyor ki içime
                                yüreğim parçalanıyor.
Ve tıpkı o eski
    acıklı hikâyelerdeki
yalnayak, karlı yollara düşmüş, yetim bir çocuk gibi bu yürek,
mavi gözleri ıslak
kırmızı, küçücük burnunu çekerek
        senin bağrına sokulmak istiyor.

Yüzümü kızartmıyor benim
onun bu an
böyle zayıf
böyle hodbin
böyle sadece *insan*
oluşu.
Belki bu hâlin
fizyolojik, psikolojik filân izahı vardır.
Belki de sebep buna
bana aylardır
kendi sesimden başka insan sesi duyurmayan
bu demirli pencere
bu toprak testi
bu dört duvardır...

Saat beş, karıcığım.
Dışarda susuzluğu
acayip fısıltısı
toprak damı
ve sonsuzluğun ortasında kımıldanmadan duran
bir sakat ve sıska atıyla,
yani, kederden çıldırtmak için içerdeki adamı
dışarda bütün ustalığı, bütün takım taklavatıyla
ağaçsız boşluğa kıpkızıl inmekte bir bozkır akşamı.

Bugün de apansız gece olacaktır.
Bir ışık dolaşacak yanında sakat, sıska atın.
Ve şimdi karşımda haşin bir erkek ölüsü gibi yatan
bu ümitsiz tabiatın
ağaçsız boşluğuna bir anda yıldızlar dolacaktır.
Yine o malum sonuna erdik demektir işin,
yani bugün de mükellef bir daüssıla için
yine her şey yerli yerinde işte, her şey tamam.
Ben,
ben içerdeki adam

yine mutad hünerimi göstereceğim
ve çocukluk günlerimin ince sazıyla
suzinâk makamından bir şarkı ağzıyla
yine billâhi kahredecek dil-i nâşâdımı
seni böyle uzak,
seni dumanlı, eğri bir aynadan seyreder gibi
kafamın içinde duymak...

2

Dışarda bahar geldi karıcığım, bahar.
Dışarda, bozkırın üstünde birdenbire
taze toprak kokusu, kuş sesleri ve saire...
Dışarda bahar geldi karıcığım, bahar,
dışarda bozkırın üstünde pırıltılar...
Ve içerde artık böcekleriyle canlanan kerevet,
suyu donmayan testi
ve sabahları çimentonun üstünde güneş...
Güneş,
artık o her gün öğle vaktine kadar,
bana yakın, benden uzak,
sönerek, ışıldayarak
yürür...
Ve gün ikindiye döner, gölgeler düşer duvarlara,
başlar tutuşmaya demirli pencerenin camı :
dışarda akşam olur,
bulutsuz bir bahar akşamı...
İşte içerde baharın en kötü saatı budur asıl.
Velhasıl
o pul pul ışıltılı derisi, ateşten gözleriyle
bilhassa baharda ram eder kendine içerdeki adamı
hürriyet denen ifrit...
Bu bittecrübe sabit, karıcığım,
bittecrübe sabit...

3

Bugün pazar.
Bugün beni ilk defa güneşe çıkardılar.
Ve ben ömrümde ilk defa gökyüzünün bu kadar benden uzak
bu kadar mavi
bu kadar geniş olduğuna şaşarak
kımıldanmadan durdum.
Sonra saygıyla toprağa oturdum,
dayadım sırtımı duvara.
Bu anda ne düşmek dalgalara,
bu anda ne kavga, ne hürriyet, ne karım.
Toprak, güneş ve ben
Bahtiyarım...

1938

[RUBAİLER'den]

5

Sarılıp yatmak mümkün değil bende senden kalan hayâle.
Halbuki sen orda, şehrimde gerçekten varsın etinle kemiğinle
ve balından mahrum edildiğim kırmızı ağzın, kocaman gözlerin
gerçekten var
ve âsi bir su gibi teslim oluşun ve beyazlığın ki dokunamıyorum bile...

6

Öptü beni : "— Bunlar, kâinat gibi gerçek dudaklardır," dedi.
"Bu ıtır senin icâdın değil, saçlarımdan uçan bahardır," — dedi.
"İster gökyüzünde seyret, ister gözlerimde :
"körler onları görmese de, yıldızlar vardır," — dedi...

DÜNYANIN EN TUHAF MAHLUKU

Akrep gibisin kardeşim,
korkak bir karanlık içindesin akrep gibi.
Serçe gibisin kardeşim,
serçenin telaşı içindesin.
Midye gibisin kardeşim,
midye gibi kapalı, rahat.
Ve sönmüş bir yanardağ ağzı gibi korkunçsun, kardeşim.
Bir değil,
        beş değil,
                yüz milyonlarlasın maalesef.
Koyun gibisin kardeşim,
gocuklu celep kaldırınca sopasını
sürüye katılıverirsin hemen
ve âdeta mağrur, koşarsın salhaneye.
Dünyanın en tuhaf mahlukusun yani,
hani şu derya içre olup
                deryayı bilmiyen balıktan da tuhaf.
Ve bu dünyada, bu zulüm
                senin sayende.
Ve açsak, yorgunsak, alkan içindeysek eğer
ve hâlâ şarabımızı vermek için üzüm gibi eziliyorsak
        kabahat senin,
                — demeğe de dilim varmıyor ama —
        kabahatın çoğu senin, canım kardeşim!

1947

BEN İÇERİ DÜŞTÜĞÜMDEN BERİ

Ben içeri düştüğümden beri
güneşin etrafında on kere döndü dünya.
Ona sorarsanız :
"Lâfı bile edilmez,
mikroskobik bir zaman."
Bana sorarsanız :
"On senesi ömrümün."

Bir kurşun kalemim vardı
ben içeri düştüğüm sene.
Bir haftada yaza yaza tükeniverdi.
Ona sorarsanız :
"Bütün bir hayat."
Bana sorarsanız :
"Adam sen de, bir iki hafta."

Katillikten yatan Osman,
ben içeri düştüğümden beri,
yedi buçuğu doldurup çıktı,
dolaştı dışarlarda bir vakit,
sonra kaçakçılıktan tekrar düştü içeri,
altı ayı doldurup çıktı tekrar,
dün mektup geldi, evlenmiş,
bir çocuğu doğacakmış baharda.

Şimdi on yaşına bastı,
ben içeri düştüğüm sene,
ana rahmine düşen çocuklar.
Ve o yılın titrek, ince, uzun bacaklı tayları,
rahat, geniş sağrılı birer kısrak oldular çoktan.

Fakat zeytin fidanları hâlâ fidan,
hâlâ çocuktur.

Yeni meydanlar açılmış uzaktaki şehrimde
ben içeri düştüğümden beri.
Ve bizim hane halkı
bilmediğim bir sokakta
görmediğim bir evde oturuyor.

Pamuk gibiydi, bembeyazdı ekmek
ben içeri düştüğüm sene.
Sonra vesikaya bindi,
bizim burda, içerde, birbirini vurdu millet
yumruk kadar, simsiyah bir tayın için.
Şimdi serbestledi yine,
fakat esmer ve tatsız.

Ben içeri düştüğüm sene
İKİNCİSİ başlamamıştı henüz.
Daşav kampında fırınlar yakılmamış,
atom bombası atılmamıştı Hiroşima'ya.

Boğazlanan bir çocuğun kanı gibi aktı zaman.
Sonra kapandı resmen o fasıl,
şimdi ÜÇÜNCÜDEN bahsediyor Amerikan doları.

Fakat gün ışıdı her şeye rağmen
ben içeri düştüğümden beri.
Ve "Karanlığın kenarından
ONLAR ağır ellerini kaldırımlara basıp
doğruldular" yarı yarıya.

Ben içeri düştüğümden beri
güneşin etrafında on kere döndü dünya.
Ve aynı ihtirasla tekrar ediyorum yine,
ben içeri düştüğüm sene
ONLAR için yazdığımı :
"Onlar ki toprakta karınca
suda balık
havada kuş kadar
çokturlar,
korkak, cesur,
cahil, hakîm
ve çocukturlar,
ve kahreden
yaratan ki onlardır,
şarkılarımda yalnız onların mâceraları vardır."
Ve gayrısı,
meselâ benim on sene yatmam,
lâfü güzaf.

1947

YAŞAMAYA DAİR

1

Yaşamak şakaya gelmez,
büyük bir ciddiyetle yaşayacaksın
                    bir sincap gibi meselâ,
yani, yaşamanın dışında ve ötesinde hiçbir şey beklemeden,
                    yani, bütün işin gücün yaşamak olacak.

Yaşamayı ciddiye alacaksın,
yani, o derecede, öylesine ki,
meselâ, kolların bağlı arkadan, sırtın duvarda,
yahut, kocaman gözlüklerin,
                beyaz gömleğinle bir laboratuvarda
                        insanlar için ölebileceksin,
                hem de yüzünü bile görmediğin insanlar için,
                hem de hiç kimse seni buna zorlamamışken,
                hem de en güzel, en gerçek şeyin
                        yaşamak olduğunu bildiğin halde.

Yani, öylesine ciddiye alacaksın ki yaşamayı,
yetmişinde bile, meselâ, zeytin dikeceksin,
        hem de öyle çocuklara falan kalır diye değil,
        ölmekten korktuğun halde ölüme inanmadığın için,
                        yaşamak, yani ağır bastığından.

1947

YAŞAMAYA DAİR

2

Diyelim ki, ağır ameliyatlık hastayız,
yani, beyaz masadan
bir daha kalkmamak ihtimali de var.
Duymamak mümkün değilse de biraz erken gitmenin kederini
biz yine de güleceğiz anlatılan Bektaşi fıkrasına,
hava yağmurlu mu, diye bakacağız pencereden,
yahut da yine sabırsızlıkla bekleyeceğiz
en son ajans haberlerini.

Diyelim ki, dövüşülmeye değer bir şeyler için,
diyelim ki, cephedeyiz.
Daha orda ilk hücumda, daha o gün
yüzükoyun kapaklanıp ölmek de mümkün.
Tuhaf bir hınçla bileceğiz bunu,
fakat yine de çıldırasıya merak edeceğiz
belki yıllarca sürecek olan savaşın sonunu.

Diyelim ki, hapisteyiz,
yaşımız da elliye yakın,
daha da on sekiz sene olsun açılmasına demir kapının.
Yine de dışarıyla beraber yaşayacağız,
insanları, hayvanları, kavgası ve rüzgârıyla
yani, duvarın arkasındaki dışarıyla.

Yani, nasıl ve nerde olursak olalım
hiç ölünmeyecekmiş gibi yaşanacak...

1948

YAŞAMAYA DAİR

3

Bu dünya soğuyacak,
yıldızların arasında bir yıldız,
hem de en ufacıklarından,
mavi kadifede bir yaldız zerresi yani,
yani, bu koskocaman dünyamız.

Bu dünya soğuyacak günün birinde,
hattâ bir buz yığını
yahut ölü bir bulut gibi de değil,
boş bir ceviz gibi yuvarlanacak
zifiri karanlıkta uçsuz bucaksız.

Şimdiden çekilecek acısı bunun,
duyulacak mahzunluğu şimdiden.
Böylesine sevilecek bu dünya
"Yaşadım" diyebilmen için...

Şubat 1948

BEN BENİ BİR DAHA ELE GEÇİRSEM

Ben, beni bir daha ele geçirsem,
— âbıhayat içersem demiyorum —
kapılar bir daha açılsa
                    ben bu haneye bir daha girsem
yaşardım yine böyle kanrevan içinde
                    yine böyle aşk ile sersem,
ben, beni bir daha ele geçirsem...

[1948]

YİNE SANA DAİR

Sende, ben, kutba giden bir geminin sergüzeştini,
sende, ben, kumarbaz macerasını keşiflerin,
sende uzaklığı,
sende, ben, imkânsızlığı seviyorum.

Güneşli bir ormana dalar gibi dalmak gözlerine
ve kan ter içinde, aç ve öfkeli,
ve bir avcı iştihasıyla etini dişlemek senin.

Sende, ben, imkânsızlığı seviyorum,
fakat aslâ ümitsizliği değil...

[1948]

HAPİSTE YATACAK OLANA BAZI ÖĞÜTLER

Dünyadan memleketinden insandan
umudun kesik değil diye
ipe çekilmeyip de
atılırsan içeriye
yatarsan on yıl on beş yıl
daha da yatacağından başka
sallansaydım ipin ucunda
bir bayrak gibi keşke
demiyeceksin
yaşamakta ayak direyeceksin.

Belki bahtiyarlık değildir artık
boynunun borcudur fakat
düşmana inat
bir gün fazla yaşamak.

İçerde bir tarafınla yapyalnız kalabilirsin
kuyunun dibindeki taş gibi
fakat öbür tarafın
öylesine karışmalı ki dünyanın kalabalığına
sen ürpermelisin içerde
dışarda kırk günlük yerde yaprak kıpırdasa.

İçerde mektup beklemek
yanık türküler söylemek bir de
bir de gözünü tavana dikip sabahlamak
tatlıdır ama tehlikelidir.

Tıraştan tıraşa yüzüne bak
unut yaşını
koru kendini bitten
bir de bahar akşamlarından

bir de ekmeği
        son lokmasına dek yemeyi
bir de ağız dolusu gülmeyi unutma hiçbir zaman.

Bir de kim bilir
sevdiğin kadın seni sevmez olur
ufak iş deme
yemyeşil bir dal kırılmış gibi gelir
        içerdeki adama.

İçerde gülü bahçeyi düşünmek fena
dağları deryaları düşünmek iyi
durup dinlenmeden okumayı yazmayı
bir de dokumacılığı tavsiye ederim sana
bir de ayna dökmeyi.

Yani içerde on yıl on beş yıl
        daha da fazlası hattâ
geçirilmez değil
        geçirilir
        kararmasın yeter ki
        sol memenin altındaki cevahir.

[Mayıs 1949]

[MEMLEKETİMDEN İNSAN MANZARALARI'ndan]

I

Haydarpaşa garında
1941 baharında
saat on beş.
Merdivenlerin üstünde güneş
yorgunluk
ve telaş.

Bir adam
merdivenlerde duruyor
bir şeyler düşünerek.
Zayıf.
Korkak.
Burnu sivri ve uzun
yanaklarının üstü çopur.
Merdivenlerdeki adam
— Galip Usta —
tuhaf şeyler düşünmekle meşhurdur :
"Kâat helvası yesem her gün" diye düşündü
5 yaşında.
"Mektebe gitsem" diye düşündü
10 yaşında.
"Babamın bıçakçı dükkânından
Akşam ezanından önce çıksam" diye düşündü
11 yaşında.
"Sarı iskarpinlerim olsa
kızlar bana baksalar" diye düşündü
15 yaşında.

"Babam neden kapattı dükkânını?
Ve fabrika benzemiyor babamın dükkânına"
diye düşündü
16 yaşında.
"Gündeliğim artar mı?" diye düşündü.
20 yaşında.
"Babam ellisinde öldü,
ben de böyle tez mi öleceğim?"
diye düşündü
21 yaşındayken.
"İşsiz kalırsam" diye düşündü
22 yaşında.
"İşsiz kalırsam" diye düşündü
23 yaşında.
"İşsiz kalırsam" diye düşündü
24 yaşında.
Ve zaman zaman işsiz kalarak
"İşsiz kalırsam" diye düşündü
50 yaşına kadar.
51 yaşında "İhtiyarladım" dedi,
"babamdan bir yıl fazla yaşadım."
Şimdi 52 yaşındadır.
İşsizdir.
Şimdi merdivenlerde durup
kaptırmış kafasını
düşüncelerin en tuhafına :
"Kaç yaşında öleceğim?
Ölürken üzerimde yorganım olacak mı?"
diye düşünüyor.
Burnu sivri ve uzun.
Yanaklarının üstü çopur.

Denizde balık kokusuyla
döşemelerde tahtakurularıyla gelir
                    Haydarpaşa garında bahar.
Sepetler ve heybeler
        merdivenlerden inip
                merdivenleri çıkıp
                        merdivenlerde duruyorlar.

Polisin yanında bir çocuk
            — tahminen beş yaşında —
                        iniyor merdivenleri.
Nüfusta kaydı yok
fakat ismi Kemal.

Merdivenleri bir heybe çıkıyordu
                bir halı-heybe.

Merdivenlerden inen Kemal
                yapayalnızdı
                        — kundurasız ve gömleksiz —
                                ortasında kâinatın.
Açlığından başka bir şey hatırlamıyor
                        bir de hayal meyal
                                karanlık bir yerde bir kadın.

VASİYET

Yoldaşlar, nasip olmazsa görmek o günü,
ölürsem kurtuluştan önce yani,
alıp götürün
Anadolu'da bir köy mezarlığına gömün beni.

Hasan beyin vurdurduğu
ırgat Osman yatsın bir yanımda
ve çavdarın dibinde toprağa çocuklayıp
kırkı çıkmadan ölen şehit Ayşe öbür yanımda.

Traktörlerle türküler geçsin altbaşından mezarlığın,
seher aydınlığında taze insan, yanık benzin kokusu,
tarlalar orta malı, kanallarda su,
ne kuraklık, ne candarma korkusu.

Biz bu türküleri elbette işitecek değiliz,
toprağın altında yatar upuzun,
çürür kara dallar gibi ölüler,
toprağın altında sağır, kör, dilsiz.

Ama bu türküleri söylemişim ben
daha onlar düzülmeden,
duymuşum yanık benzin kokusunu
traktörlerin resmi bile çizilmeden.

Benim sessiz komşulara gelince,
şehit Ayşe'yle ırgat Osman
çektiler büyük hasreti sağlıklarında
belki de farkında bile olmadan.

Yoldaşlar, ölürsem o günden önce yani,
– öyle gibi de görünüyor –
Anadolu'da bir köy mezarlığına gömün beni
ve de uyarına gelirse,
tepemde bir de çınar olursa
taş maş da istemez hani...

1953, 27 Nisan
Barviha Sanatoryumu

BULUTLAR ADAM ÖLDÜRMESİN

Analardır adam eden adamı
aydınlıklardır önümüzde gider.
Sizi de bir ana doğurmadı mı?
Analara kıymayın efendiler.
    Bulutlar adam öldürmesin.

Koşuyor altı yaşında bir oğlan,
uçurtması geçiyor ağaçlardan,
siz de böyle koşmuştunuz bir zaman.
Çocuklara kıymayın efendiler.
    Bulutlar adam öldürmesin.

Gelinler aynada saçını tarar,
aynanın içinde birini arar.
Elbet böyle sizi de aradılar.
Gelinlere kıymayın efendiler.
    Bulutlar adam öldürmesin.

İhtiyarlıkta aklına insanın,
tatlı anıları gelmeli yalnız.
Yazıktır, ihtiyarlara kıymayın,
efendiler, siz de ihtiyarsınız.
    Bulutlar adam öldürmesin.

Şubat 1955

YAPIYLA YAPICILAR

Yapıcılar türküler söylüyor,
          yapı türkü söyler gibi yapılmıyor ama.
Bu iş biraz daha zor.

Yapıcıların yüreği
          bayram yeri gibi cıvıl cıvıl,
ama yapı yeri bayram yeri değil.
Yapı yeri toz toprak,
çamur, kar.
Yapı yerinde ayağın burkulur,
          ellerin kanar.
Yapı yerinde ne çay her zaman şekerli,
          her zaman sıcak,
ne ekmek her zaman pamuk gibi yumuşak,
ne herkes kahraman,
ne dostlar vefalı her zaman.

Türkü söyler gibi yapılmıyor yapı.
Bu iş biraz daha zor.
Zor mor ama
          yapı yükseliyor, yükseliyor.
Saksılar konuldu pencerelere
          alt katlarında.
İlk balkonlara güneşi taşıyor kuşlar
          kanatlarında.
Bir yürek çarpıntısı var
her putrelinde, her tuğlasında, her kerpicinde.
Yükseliyor
          yükseliyor
yükseliyor yapı kan ter içinde.

Moskova, 1955

KARLI KAYIN ORMANINDA

Karlı kayın ormanında
yürüyorum geceleyin.
Efkârlıyım, efkârlıyım,
elini ver, nerde elin?

Ayışığı renginde kar,
keçe çizmelerim ağır.
İçimde çalınan ıslık
beni nereye çağırır?

Memleket mi, yıldızlar mı,
gençliğim mi daha uzak?
Kayınların arasında
bir pencere, sarı, sıcak.

Ben ordan geçerken biri :
"Amca, dese, gir içeri."
Girip yerden selâmlasam
hane içindekileri.

Eski takvim hesabıyle
bu sabah başladı bahar.
Geri geldi Memed'ime
yolladığım oyuncaklar.

Kurulmamış zembereği
küskün duruyor kamyonet,
yüzdüremedi leğende
beyaz kotrasını Memet.

Kar tertemiz, kar kabarık,
yürüyorum yumuşacık.
Dün gece on bir buçukta
ölmüş Berut, tanışırdık.

Bende boz bir halısı var
bir de kitabı, imzalı.
Elden ele geçer kitap,
daha yüz yıl yaşar halı.

Yedi tepeli şehrimde
bıraktım gonca gülümü.
Ne ölümden korkmak ayıp,
ne de düşünmek ölümü.

En acayip gücümüzdür,
kahramanlıktır yaşamak :
Öleceğimizi bilip
öleceğimizi mutlak.

Memleket mi, daha uzak,
gençliğim mi, yıldızlar mı?
Bayramoğlu, Bayramoğlu,
ölümden öte köy var mı?

Geceleyin, karlı kayın
ormanında yürüyorum.
Karanlıkta etrafımı
gündüz gibi görüyorum.

Şimdi şurdan saptım mıydı,
şose, tirenyolu, ova.
Yirmi beş kilometreden
pırıl pırıldır Moskova...

14 Mart 1956
Moskova, Peredelkino

KIZ ÇOCUĞU

Kapıları çalan benim
kapıları birer birer.
Gözünüze görünemem
göze görünmez ölüler.

Hiroşima'da öleli
oluyor bir on yıl kadar.
Yedi yaşında bir kızım,
büyümez ölü çocuklar.

Saçlarım tutuştu önce,
gözlerim yandı kavruldu.
Bir avuç kül oluverdim,
külüm havaya savruldu.

Benim sizden kendim için
hiçbir şey istediğim yok.
Şeker bile yiyemez ki
kâat gibi yanan çocuk.

Çalıyorum kapınızı,
teyze, amca, bir imza ver.
Çocuklar öldürülmesin
şeker de yiyebilsinler.

[1956]

[PRAG'DA VAKİTLER'den]

V.

GECE

Doktor Faust'un Evi

Gecenin bir geç vaktında,
kulelerin dibinde, kemerlerin altında,
dolaşıp durdum Pırağ'ı.
Gökyüzü karanlıkta altın çeken bir imbik,
bir simyager imbiği, alevi mavi mavi.
Şarl Meydanı'na doğru indim yokuş aşağı,
orda, köşe başında, kliniğe bitişik,
bahçe içinde Doktor Faust'un evi.

Kapıyı çaldım.
Doktor evde yok.
Malum :
İki yüz yıl kadar önce,
tavandaki delikten,
yine böyle bir gece,
çekip aldı onu şeytan.

Kapıyı çalıyorum.
Bu evde ben de senet vereceğim şeytana,
ben de kanımla imzaladım senedi.
Ne altın istiyorum ondan,
ne bilim, ne de gençlik.
Hasretlik cana yetti,
pes!
Beni İstanbul'uma götürsün bir saatlik...

Çalıyorum kapıyı, çalıyorum.
Kapı açılmıyor, açılmıyor.
Neden?
İstediğim olmaz iş mi Mefistofeles?
Yoksa bu lime lime ruhum
satın alınmağa değmez mi?

Pırağ'da ay doğuyor limon sarısı.
Doktor Faust'un evi önünde duruyorum,
çalıyorum açılmaz kapıyı gece yarısı....

Yesenik, 22.12.1956

VAPUR

Yürek değil be, çarıkmış bu, manda gönünden,
teper ha babam teper
                    paralanmaz
                            teper taşlı yolları.
Bir vapur geçer Varna önünden,
uy Karadeniz'in gümüş telleri,
bir vapur geçer Boğaz'a doğru.
Nâzım usullacık okşar vapuru,
                            yanar elleri...

27 Mayıs 1957, Varna

MEMET

Karşı yaka memleket,
sesleniyorum Varna'dan,
                    işitiyor musun?
                        Memet! Memet!

Karadeniz akıyor durmadan,
deli hasret, deli hasret,
oğlum, sana sesleniyorum,
                    işitiyor musun?
                        Memet! Memet!

Varna, 29 Mayıs 1957

BOR OTELİ

Şu Varna'da uyumanın yolu yok geceleri,
uyumanın yolu yok :
yıldızların bolluğundan,
yakınlığından, parlaklığından,
kumlukta hışırtısından ölü dalgaların,
sedefleriyle,
çakıllarıyla,
tuzlu yosunlarıyla hışırtısı;
denizde bir yürek gibi atan motor sesinden,
İstanbul'dan çıkıp
                    Boğaz'ı geçip
                    odamı dolduran anıların yüzünden
kimisinin gözü yeşil,
kimisinin bilekleri kelepçeli,
kimisinin bir mendil var elinde,
lavanta çiçeği kokuyor mendil.

Şu Varna'da uyumanın yolu yok, gülüm,
şu Varna'da, Bor Oteli'nde.

2 Haziran 1957, Varna

VARNA ŞİİRLERİNDEN

Burda yeşil biber
                    acı mı, acı.
Acı mı acı
                    burda türküler.
Bana da böylesi gerek,
                    of, of,
                    böylesi gerek.
Yanıp tutuştum, of, of.
Yanıp tutuştu yürek.

5 Haziran 1957, Varna

SOFRA

Şu Varna deli etti beni,
                    divâne etti.
Sofrada domates, yeşil biber, kalkan tavası,
radyoda "Ha uşaklar!" Karadeniz havası,
rakı kadehte aslan sütü, anason,
                    uy anason kokusu!
Ahbapça, kardeşçe konuşulan dilim...
A be islâh be, islâh be hâlim...
Şu Varna deli etti beni
                    divâne etti...

6 Haziran 1957, Varna

II.

MÜNEVVERDEN MEKTUP ALDIM, DİYOR Kİ

Anlat bana doğduğum şehri, Nâzım.
Sofya'dan pek küçükken çıkmışım
ama Bulgarca bilirmişim...

Sofya nasıl şehir?
Dinlerdim anamdan,
Sofya ufacıkmış,
büyümüştür,
düşün,
          kırk bir sene geçmiş.
Bir "Park Boris" varmış o zaman.
Dadım sabahları götürürmüş beni.
Sofya'nın en büyük parkı olacak.
Orda resimlerim çekilmiş, durur.
Bol güneşli, bol gölgeli bir park.
Git, orda otur.
Belki rastlarsın önünde oynadığım sıraya.
Ama sıralar kırk yıl dayanmaz ya,
onlar da çürüyüp değiştirilmiştir.
En iyisi ağaçlar,
ağaçlar anılardan uzun yaşar...
Git orda en yaşlı kestanenin altına otur bir gün.
Her şeyi unut,
ayrılığımızı bile,
sade beni düşün...

[11 Haziran 1957, Varna]

MÜNEVVER'E MEKTUP YAZDIM, DEDİM Kİ

Ağaçlar duruyor, eski sıralar ölmüş.
"Park Boris", "Hürriyet Parkı" olmuş.
Sade seni düşündüm kestanenin altında,
sade seni, yani Memed'i
sade seninle Memed'i, yani memleketi...

[11 Haziran 1957, Varna]

MAVİ LİMAN

Çok yorgunum, beni bekleme kaptan.
Seyir defterini başkası yazsın.
Kubbeli, çınarlı mavi bir liman.
Beni o limana çıkaramazsın...

Balçik, 1 Temmuz 957

CEVİZ AĞACI

Başım köpük köpük bulut, içim dışım deniz,
ben bir ceviz ağacıyım Gülhane Parkı'nda,
budak budak, şerham şerham ihtiyar bir ceviz.
Ne sen bunun farkındasın, ne polis farkında.

Ben bir ceviz ağacıyım Gülhane Parkı'nda.
Yapraklarım suda balık gibi kıvıl kıvıl.
Yapraklarım ipek mendil gibi tiril tiril,
koparıver, gözlerinin, gülüm, yaşını sil.
Yapraklarım ellerimdir, tam yüz bin elim var.
Yüz bin elle dokunurum sana, İstanbul'a.
Yapraklarım gözlerimdir, şaşarak bakarım.
Yüz bin gözle seyrederim seni, İstanbul'u.
Yüz bin yürek gibi çarpar, çarpar yapraklarım.

Ben bir ceviz ağacıyım Gülhane Parkı'nda.
Ne sen bunun farkındasın, ne polis farkında.

1 Temmuz [1957], Balçik

GÜNLER

Geçip gitmiş günler gelin
rakı için sarhoş olun
ıslıkla bir şeyler çalın
geberiyorum kederden.

İlerdeki güzel günler
beni görmeyecek onlar
bari selâm yollasınlar
geberiyorum kederden.

Başladığım bugünkü gün
yarıda kalabilirsin,
geceye varmadan yahut
çok büyük olabilirsin.

6 Şubat 1958, Varşova

SEBASTİAN BAH'IN
1 NUMARALI DOMİNÖR KONÇERTOSU

Güz sabahı üzüm bağında
sıra sıra, büklüm büklüm kütüklerin tekrarı,
kütüklerde salkımların,
salkımlarda tanelerin,
tanelerde aydınlığın.

Geceleyin çok büyük, çok beyaz evde
her birinde ayrı ışık
pencerelerin tekrarı.

Yağan bütün yağmurların tekrarı,
toprağa, ağaca, denize,
elime, yüzüme, gözüme
ve camda ezilen damlalar.

Günlerimin tekrarı,
birbirine benzeyen,
benzemeyen günlerimin.

Örülen örgüdeki tekrar,
yıldızlı gökyüzündeki tekrar,
ve bütün dillerde "seviyorum"un tekrarı,
ve yapraklarda ağacın tekrarı,
ve her ölüm döşeğinde acısı tez biten
yaşamanın.

Yağan kardaki tekrar,
incecikten yağan karda,
lapa lapa yağan karda,
buram buram yağan karda,
esen tipide savrularak
ve yolumu kesen kardaki tekrar.

Çocuklar koşuyor avluda,
avluda koşuyor çocuklar.
İhtiyar bir kadın geçiyor sokaktan,
sokaktan ihtiyar bir kadın geçiyor,
geçiyor sokaktan ihtiyar bir kadın.

Geceleyin çok büyük, çok beyaz evde
her birinde ayrı ışık
pencerelerin tekrarı.

Salkımlarda tanelerin,
tanelerde aydınlığın.

Yürümek iyiye, haklıya, doğruya
dövüşmek yolunda iyinin, haklının, doğrunun
zaptetmek iyiyi, haklıyı, doğruyu.

Sessiz gözyaşın ve gülümsemen, gülüm,
hıçkırıkların ve kahkahan, gülüm,
pırıl pırıl beyaz dişli kahkahanın tekrarı.

Güz sabahı üzüm bağında
    sıra sıra, büklüm büklüm kütüklerin tekrarı
        kütüklerde salkımların
        salkımlarda tanelerin
        tanelerde aydınlığın
        aydınlıkta yüreğimin.

Tekrardaki mucize gülüm,
tekrarın tekrarsızlığı...

23 Şubat 1958, Varşova

MASALLARIN MASALI

Su başında durmuşuz
çınarla ben.
Suda suretimiz çıkıyor
çınarla benim.
Suyun şavkı vuruyor bize,
çınarla bana.

Su başında durmuşuz
çınarla ben, bir de kedi.
Suda suretimiz çıkıyor
çınarla benim, bir de kedinin.
Suyun şavkı vuruyor bize
çınara, bana, bir de kediye.

Su başında durmuşuz
çınar, ben, kedi, bir de güneş.
Suda suretimiz çıkıyor
çınarın, benim, kedinin, bir de güneşin.
Suyun şavkı vuruyor bize
çınara, bana, kediye, bir de güneşe.

Su başında durmuşuz
çınar, ben, kedi, güneş, bir de ömrümüz.
Suda suretimiz çıkıyor,
çınarın, benim, kedinin, güneşin, bir de ömrümüzün.
Suyun şavkı vuruyor bize
çınara, bana, kediye, güneşe, bir de ömrümüze.

Su başında durmuşuz.
Önce kedi gidecek
kaybolacak suda sureti.
Sonra ben gideceğim
kaybolacak suda suretim.
Sonra çınar gidecek
kaybolacak suda sureti.
Sonra su gidecek
güneş kalacak,
sonra o da gidecek.

Su başında durmuşuz
çınar, ben, kedi, güneş, bir de ömrümüz.
Su serin,
çınar ulu,
ben şiir yazıyorum,
kedi uyukluyor,
güneş sıcak,
çok şükür yaşıyoruz.
Suyun şavkı vuruyor bize
çınara, bana, kediye, güneşe, bir de ömrümüze.

7 Mart 1958
Varşova - Şvider

YİNE MEMLEKETİM
ÜSTÜNE SÖYLENMİŞTİR

Memleketim, memleketim, memleketim,
ne kasketim kaldı senin ora işi,
ne yollarını taşımış ayakkabım,
son mintanın da sırtımda paralandı çoktan,
          Şile bezindendi.
Sen şimdi yalnız saçımın akında,
                    enfarktında yüreğimin,
          alnımın çizgilerindesin memleketim,
memleketim,
memleketim......

Pırağ, 8 Nisan 958

HENÜZ VAKİT VARKEN GÜLÜM

Henüz vakit varken, gülüm,
Paris yanıp yıkılmadan,
henüz vakit varken, gülüm,
yüreğim dalındayken henüz,
ben bir gece, şu Mayıs gecelerinden biri
Volter Rıhtımı'nda dayayıp seni duvara
öpmeliyim ağzından
sonra dönüp yüzümüzü Notrdam'a
çiçeğini seyretmeliyiz onun,
birden bana sarılmalısın, gülüm,
korkudan, hayretten, sevinçten
ve de sessiz sessiz ağlamalısın,
yıldızlar da çiselemeli
incecikten bir yağmurla karışarak.

Henüz vakit varken, gülüm,
Paris yanıp yıkılmadan,
henüz vakit varken, gülüm,
yüreğim dalındayken henüz,
şu Mayıs gecesi rıhtımdan geçmeliyiz
söğütlerin altından, gülüm,
ıslak salkımsöğütlerin.
Paris'in en güzel bir çift sözünü söylemeliyim sana,
en güzel, en yalansız,
sonra da ıslıkla bir şeyler çalarak
gebermeliyim bahtiyarlıktan
ve insanlara inanmalıyız.

Yukarda taştan evler,
girintisiz, çıkıntısız,
birbirine bitişik
ve duvarları ayışığından
ve dimdik pencereleri ayakta uyukluyor
ve karşı yakada Luvr
aydınlanmış ışıldaklarla
aydınlanmış bizim için
billûr sarayımız..

Henüz vakit varken, gülüm,
Paris yanıp yıkılmadan,
henüz vakit varken, gülüm,
yüreğim dalındayken henüz,
şu Mayıs gecesi rıhtımda, depolarda
kırmızı varillere oturmalıyız.
Karşıda karanlığa giren kanal.
Bir şat geçiyor,
selâmlayalım, gülüm,
geçen sarı kamaralı şat'ı selâmlayalım.
Belçika'ya mı yolu, Hollanda'ya mı?
Kamaranın kapısında ak önlüklü bir kadın
tatlı tatlı gülümsüyor.

Henüz vakit varken, gülüm,
Paris yanıp yıkılmadan,
henüz vakit varken, gülüm...
Parisliler, Parisliler,
Paris yanıp yıkılmasın...

13 Mayıs 1958, Paris

TUNA ÜSTÜNE SÖYLENMİŞTİR

Gökte bulut yok
söğütler yağmurlu
        Tuna'ya rastladım
        akıyor çamurlu çamurlu
        hey Hikmet'in oğlu, Hikmet'in oğlu
        Tuna'nın suyu olaydın
        Karaorman'dan geleydin
        Karadeniz'e döküleydin
mavileşeydin mavileşeydin mavileşeydin
geçeydin Boğaziçi'nden
başında İstanbul havası
çarpaydın Kadıköy iskelesine
çarpaydın çırpınaydın
vapura binerken Memet'le anası.

Viyana dolayları
1 Haziran 958

AVNİ'NİN ATLARI

Bu atlar Avni'nin atları
Kuvâyi Milliye atları
kara yamçı altında ak sağrı dolgun
titrer burun kanatları,
bu atlar Avni'nin atları.

Kuvâyi Milliye gelecek yine,
şahin atlar aşarak yeli
çiğneyecek gâvuru da, Anzavur'u da.
Kuvâyi Milliye gelecek yine
hem bu sefer ayyıldızlı bayrağı da orakçekiçli.

Bu atlar Avni'nin atları
Kuvâyi Milliye atları
titrer burun kanatları.

Bana Avni'nin atlarına
binmek nasip olmasa gerek
ama Memet binecek,
gelecek düşmanla topuz topuza!
Gülüm, Kuvâyi Milliye atları
gözüm, Kuvâyi Milliye atları,
memleketi satanları bağlasınlar,
kuyruğunuza...

1 Haziran 958, Çekoslovakya

KEDERLENİYORUM

Bir Üsküdar balkonunda guruba karşı demlenir gibi
bu akşamüstü, Laypzig'te, tıramvay durağında
tadını çıkara çıkara, yudum yudum
kederleniyorum.

22 Haziran 958

DÖRTLÜK

Koparmış ipini eski kayıklar gibi yüzer
kışın, sabaha karşı rüzgârda tahta cumbalar
ve bir sac mangalın küllerinde
uyanır uykudan büyük İstanbul'um.

27 Haziran [1958], Laypzig

SICAKLARDA

Bu sıcaklarda seni düşünüyorum
çıplaklığını
boynunu bileklerini
minderde ak bir kuş gibi yatan ayağını
senin söylediklerini.

Bu sıcaklarda seni düşünüyorum
bilmiyorum aklımda en çok kalan ne
gözümün önüne gelen
boynun mu bileklerin mi çıplak ayağın mı
bana benim olurken söylediklerin mi?

Bu sarı sıcaklarda seni düşünüyorum
bu sarı sıcaklarda bir otel odasında seni düşünüp
yalnızlığımı soyunuyorum
biraz da ölüme benzeyen yalnızlığımı.

10 Temmuz 1959

ŞEHİTLER

Şehitler, Kuvâyi Milliye şehitleri,
mezardan çıkmanın vaktidir!
Şehitler, Kuvâyi Milliye şehitleri,
Sakarya'da, İnönü'nde, Afyon'dakiler
Dumlupınar'dakiler de elbet
ve de Aydın'da, Antep'te vurulup düşenler,
siz toprak altında ulu köklerimizsiniz
yatarsınız al kanlar içinde.
Şehitler, Kuvâyi Milliye şehitleri,
siz toprak altında derin uykudayken
düşmanı çağırdılar,
satıldık, uyanın!
Biz toprak üstünde derin uykulardayız,
kalkıp uyandırın bizi!
uyandırın bizi!
Şehitler, Kuvâyi Milliye şehitleri,
mezardan çıkmanın vaktidir!

1959

YAPRAK DÖKÜMÜ

elli bin şiir roman filân okudum yaprak dökümünü anlatır
elli bin filim seyrettim yaprakların dökümünü gösterir
elli bin kere gördüm yaprak dökümünü
    düşüşlerini sürünüşlerini çürüyüşlerini yaprakların
elli bin kere duydum ölü hışırtılarını kunduramın altında avu-
    cumda ve parmaklarımın ucunda
ama yaprak dökümüne rastlamak yine de burar içimi
    hele bulvarlarda yaprak dökümüne
    hele kestaneyseler
    hele çocuklar geçiyorsa oralardan
    hele güneşliyse hava
    hele iyi bir haber almışsam o gün dostluk üstüne
    hele o gün sancımıyorsa yüreğim
    hele sevdiğimin beni sevdiğine inanıyorsam o gün
    hele o gün insanlarla ve kendimle aram iyiyse yaprak dökü-
müne rastlamak burar içimi
    hele bulvarlarla yaprak dökümüne
    hele kestaneyseler.

6 Eylül 1961, Laypzig

OTOBİYOGRAFİ

1902'de doğdum
doğduğum şehre dönmedim bir daha
geriye dönmeyi sevmem
üç yaşımda Halep'te paşa torunluğu ettim
on dokuzumda Moskova'da komünist Üniversite öğrenciliği
kırk dokuzumda yine Moskova'da Tseka-Parti konukluğu
ve on dördümden beri şairlik ederim

kimi insan otların kimi insan balıkların çeşidini bilir
                                        ben ayrılıkların
kimi insan ezbere sayar yıldızların adını
                                        ben hasretlerin

hapislerde de yattım büyük otellerde de
açlık çektim açlık grevi de içinde ve tatmadığım yemek yok gibidir

otuzumda asılmamı istediler
kırk sekizimde Barış madalyasının bana verilmesini
                                                verdiler de
otuz altımda yarım yılda geçtim dört metre kare betonu
elli dokuzumda on sekiz saatta uçtum Pırağ'dan Havana'ya

Lenin'i görmedim nöbet tuttum tabutunun başında 924'te
961'de ziyaret ettiğim anıtkabri kitaplarıdır

partimden koparmağa yeltendiler beni
                                    sökmedi
yıkılan putların altında da ezilmedim

951'de bir denizde genç bir arkadaşla yürüdüm üstüne ölümün
52'de çatlak bir yürekle dört ay sırtüstü bekledim ölümü

sevdiğim kadınları deli gibi kıskandım
şu kadarcık haset etmedim Şarlo'ya bile
aldattım kadınlarımı
konuşmadım arkasından dostlarımın

içtim ama akşamcı olmadım
hep alnımın teriyle çıkardım ekmek paramı ne mutlu bana

başkasının hesabına utandım yalan söyledim
yalan söyledim başkasını üzmemek için
            ama durup dururken de yalan söyledim

bindim tirene uçağa otomobile
çoğunluk binemiyor
operaya gittim
            çoğunluk gidemiyor adını bile duymamış operanın
çoğunluğun gittiği kimi yerlere de ben gitmedim 21'den beri
            camiye kiliseye tapınağa havraya büyücüye
            ama kahve falıma baktırdığım oldu

yazılarım otuz kırk dilde basılır
            Türkiye'mde Türkçemle yasak

kansere yakalanmadım daha
yakalanmam da şart değil
başbakan filân olacağım yok
meraklısı da değilim bu işin
bir de harbe girmedim

sığınaklara da inmedim gece yarıları
yollara da düşmedim pike yapan uçakların altında
ama sevdalandım altmışıma yakın
sözün kısası yoldaşlar
bugün Berlin'de kederden gebermekte olsam da
                                        insanca yaşadım diyebilirim
ve daha ne kadar yaşarım
                              başımdan neler geçer daha
                                                  kim bilir.

Bu otobiyografi 1961 yılı 11 Eylülünde
Doğu Berlin'de yazıldı.

NÂZIM HİKMET *(Selanik, 14 Ocak 1902 [nüfus kaydında 15 Ocak 1902] - Moskova, 3 Haziran 1963)* Şair.

Asıl adı Mehmet Nâzım RAN. Orhan Selim, Adsız Yazıcı, Ahmet Cevat, Ahmet Oğuz Saruhan, Ben, Bendeniz, Ercüment Er, Fıkracı, İbrahim Sabri, İhsan Koza, İmzasız Adam, Kartal, H. İhsan, Mazhar Lütfi, Mümtaz Osman, Osman Cemal, Sarı Murat, Süleyman Sabur Ran takma adlarını da kullandı. Ressam Celile Hanım ile hariciye memurlarından Hikmet Nâzım Bey'in oğlu. Bir yıl kadar Fransızca öğretim yapan bir okulda okudu; ilköğrenimini Göztepe'deki Numune Mektebi'nde (Taş Mektep) tamamladıktan sonra Galatasaray Sultanisi'ne yazıldı, ancak ertesi yıl ailesinin paraca sıkıntıya düşmesi nedeniyle Nişantaşı Sultanisi'ne verildi. 1917'de girdiği Bahriye Mektebi'ni 1919'da bitirdi ve Hamidiye Kruvazörüne stajyer güverte subayı olarak atandı. Ancak zatülcenpe yakalanması dolayısıyla sağlık kurulu kararıyla askerlikten çıkarıldı (1920). Bu arada 1914'ten başlayarak, bir Mevlevi ve şair olan büyük babası Nâzım Paşa'nın etkisiyle şiirler yazmaya başladı. İlk şiiri ("Hâlâ Servilerde Ağlıyorlar mı") 3 Ekim 1918'de *Yeni Mecmua*'da yayımlandı. 1920'de *Kitap, Alemdar, Ümit* gazete ve dergilerinde Mütareke İstanbul'unun karamsar ortamında direniş duygularını yansıtan şiirler yayımladı. Ocak 1921'de arkadaşı Vâlâ Nurettin'le birlikte Milli Mücadele'ye katılmak üzere Anadolu'ya geçti. İsteğine karşın cepheye gönderilmeyerek Vâlâ Nurettin'le birlikte öğretmen olarak Bolu'da görevlendirildi. Bolu'daki tutucu ortam ve Sovyet devrimine duyduğu ilgi onu Sovyetler Birliği'ne yöneltti. Eylül 1921'de yine Vâlâ Nurettin'le birlikte Batum üzerinden Moskova'ya gitti, Doğu Emekçileri Komünist Üniversitesi'ne (KUTV) yazıldı. Rus fütüristleri ve konstrüktivistlerinden etkilendi; serbest şiiri ve basamaklı dizeleri denediği ilk şiirlerini bu yıllarda yazdı; bazılarını İstanbul'da çıkan *Aydınlık* dergisinde yayımladı. Bu arada ilk eşi Nüzhet Hanım'la kısa süren bir evlilik yaptı. 1924 Ekiminde gizlice Türkiye'ye girdi, Türkiye İşçi ve Çiftçi Sosyalist Fırkası'nın yayın organları *Orak-Çekiç* gazetesi ile *Aydınlık* dergisinde çalışmaya başladı. 1 Ocak 1925'te Dr. Şefik Hüsnü'nün Beşiktaş'taki evinde toplanan Türkiye Komünist Partisi (TKP) 2. Kongresi'ne katıldı, TKP Merkez Komitesi üyeliğine seçildi. Komünistlerin tutuklanmaya başlamaları üzerine Haziran 1925'te yeniden Moskova'ya gitti. Ankara İstiklal Mahkemesi'nce yokluğunda 15 yıl hapis cezasına çarptırıldı.

1926'da diş hekimi Yelena Yurçenko ile ikinci evliliğini yaptı. 1928'de Bakû'da ilk şiir kitabı *Güneşi İçenlerin Türküsü*'nü yayımladı. Cumhuriyet'in beşinci yılı dolayısıyla çıkarılan aftan yararlanmak amacıyla Temmuz 1928'de yine gizlice Türkiye'ye girdi; Hopa, İstanbul ve Ankara'da 23 Aralık 1928'e kadar tutuklu kaldı.

İstanbul'da Vâlâ Nurettin'in aracılığıyla, Zekeriya Sertel'in çıkardığı *Resimli Ay* dergisinde çalışmaya başladı. Mayıs 1929'da yayımlanan *835 Satır* adlı şiir kitabı edebiyat çevrelerinde geniş yankı uyandırdı. *Resimli Ay*'ın Haziran ve Temmuz 1929 sayılarında "Putları Yıkıyoruz" başlığı altında imzasız olarak yayımladığı Abdülhak Hâmit ve Mehmet Emin'i hedef alan iki yazısı ile siyasi sonuçlar da doğuran bir eski-yeni kavgası başlattı. Bir yandan birbiri ardına şiir kitaplarını yayımlarken, bir yandan da 1930'dan başlayarak değişik takma adlarla *Hür Adam, Halk Dostu, Yeni Gün, Akşam, Tan*'da fıkra yazarlığı yaptı. Sinema ile ilgilendi, kendi adı ve Mümtaz Osman adıyla Muhsin Ertuğrul'un yönettiği "Cici Berber", "Fena Yol", "Karım Beni Aldatırsa", "Naşit Dolandırıcı", "Söz Bir Allah Bir", "Aysel Bataklı Damın Kızı", "Leblebici Horhor Ağa", "Milyon Avcıları" filmlerinin senaryolarını yazdı. "Düğün Gecesi" (1933) ve "Güneşe Doğru" (1937) filmlerini ise yazdı ve yönetti. 1932'de *Kafatası*, ardından *Bir Ölü Evi, Unutulan Adam* adlı oyunları Şehir Tiyatrosu'nda sahnelendi. Ocak 1935'te bir süredir birlikte olduğu Piraye Altınoğlu ile evlendi. (İkinci eşi Dr. Yelena Yurçenko, Odessa'da vize beklerken 1929'da salgın bir hastalığa yakalanarak ölmüştü.)

Pratik politikadan uzak durmak, kavgasını bir devrimci şair olarak sürdürmek eğilimine karşın Nâzım Hikmet kovuşturma ve yargılamalardan kurtulamadı. Mayıs 1929'daki TKP tutuklamalarında ona dokunulmadı. Ancak TKP içinde Hamdi Şamilof, Vanlı Kâzım, Mustafa Börklüce'yle birlikte ayrıca oluşturdukları İcra Komitesi'nin sekreterliğini üstlenmek zorunda kaldı. Şubat 1932'de İstanbul'da toplanan TKP kongresi Nâzım Hikmet'i Komintern kararlarını eleştirme özgürlüğü isteyen grup içinde yer aldığı gerekçesiyle partiden ihraç etti. Ardından Mart 1935'te yurtdışındaki başkan Şefik Hüsnü, Komintern'e Stalin karşıtı çalışmaları nedeniyle Nâzım Hikmet'in partiden çıkarıldığını bildiren bir rapor gönderdi. Komintern bülteninde yayımlanan bu haber Türkiye'de *Orak Çekiç*'in 1 Haziran 1936 tarihli sayısında açıklandı. Bu arada 1929'da "Sesini Kaybeden Şehir" adlı şiiri ve 1931'de ilk beş kitabında yer alan şiirleri nedeniyle açılan davalar aklanmaya sonuçlandı. 1933'te *Gece Gelen Telgraf* adlı kitabı dolayısıyla "halkı rejim aleyhine kışkırtmak" suçlamasıyla hakkında dava açılırken 22 Mart 1933'te gizli örgüt kurmak ve duvarlara bildiriler yapıştırarak komünizm propagandası yapmak suçlamasıyla tutuklandı ve yargılanmak üzere Bursa'ya gönderildi. Ancak Cumhuriyet'in onuncu yılı dolayısıyla çıkarılan af yasasıyla birinci dava düştü, ikinci davada ise 4 yıl hapse mahkûm olan Nâzım Hikmet, bu cezanın 3 yılı af yasası kapsamına girdiğinden, kalan cezasını ise fazlasıyla çekmiş olduğundan Ağustos 1934'te salıverildi. Aralık 1936'da aralarında Dr. Hikmet Kıvılcımlı'nın da bulunduğu 13 kişiyle birlikte tutuklanarak komünistlik suçlamasıyla yargılandı, Şubat 1937 ortalarına kadar tutuklu kaldığı bu dava da beraatla sonuçlandı. 17 Ocak 1938'de yeniden tutuklanan Nâzım Hikmet bu kez, orduyu ayaklanmaya teşvik ettiği iddiasıyla Ankara'da Harp Okulu Komutanlığı Askeri Mahkemesi'nde yargılandı ve 15 sene hapse mahkûm edildi. Bunu İstanbul'da "donanmayı ayaklanmaya teşvik" suçundan 20 yıla mahkûm olması izledi; iki ceza birleştirilerek toplam 28 yıl 4 ay hapis cezasına mahkûm edildi.

Ankara ve Çankırı cezaevlerinde kaldıktan sonra Aralık 1940'ta Bursa Cezaevi'ne nakledildi. 1950 Temmuzuna kadar süren cezaevi yılları boyuncu şiir ve oyun yazmayı sürdürdü. Geçimini sağlamak için çeviriler yaptı, senaryolar yazdı. Nâzım Hikmet'in dönemin genelkurmay başkanı Fevzi Çakmak ve içişleri bakanı Şükrü Kaya'nın ısrarı üzerine haksız yere mahkûm edildiği yolunda söylentiler yaygınlaştıysa da bunun kararı değiştirmede bir etkisi olmadı. 1949'da *Vatan* gazetesi başyazarı A. E. Yalman'ın ve hukukçu M. A. Sebük'ün yazılarıyla Nâzım Hikmet'in suçsuzluğu konusu gündeme geldi. M. A. Sebük 11 Kasım 1949'dan 2 Şubat 1950'ye kadar yazdığı 10 yazıyla şairin suçsuzluğunu belgelerle ortaya koydu ve Ocak 1950'de özel af isteğiyle TBMM'ye başvurdu. Öte yandan Uluslararası Barışseverler Komitesi gibi birçok yabancı kuruluş hükümete başvurarak şairin serbest bırakılmasını istedi. Türkiye'de de aydınlar Nâzım Hikmet'in bağışlanması için geniş bir kampanya başlattılar. Resmi makamların başvurular karşısında hareketsiz kalmaları üzerine Nâzım Hikmet 8 Nisan 1950'de açlık grevine başladı ve aynı gün İstanbul'a nakledildi. Avukat M. A. Sebük'ün isteği üzerine ertelediği açlık grevine 2 Mayıs 1950'de yeniden başladı ve 19 Mayısa kadar sürdürdü. 15 Mayıs 1950'de iktidara gelen Demokrat Parti'nin 14 Temmuz 1950'de çıkardığı Genel Af Yasası'ndan yararlanarak 15 Temmuzda serbest bırakıldı.

Mahpusluğunun son yıllarında âşık olduğu Münevver Andaç'la

birlikte annesinin Cevizlik'teki evinin bir katına yerleşti. Geçimini sağlamak için İpek Film Stüdyosu'nda dublaj yönetmeni olarak çalışıyor, senaryolar yazıyordu. 23 Mart 1951'de eşi Piraye'den boşandı. 26 Mart 1951'de Münevver Andaç'tan oğlu Memet dünyaya geldi. Serbest bırakılmasına rağmen sürekli izlenen, bu arada kendisine verilen barış ödülünü (P. Picasso, P. Neruda, P. Robeson, W. Jebukowska ile) almak için Kasım 1950'de Varşova'da toplanan Dünya Barış Kongresi'ne katılmak için pasaport isteği geri çevrilen Nâzım Hikmet tedirgindi. Bahriye Mektebi'ni bitirdiği ve stajyer güverte subayıyken hastalanarak çürüğe çıkarıldığı halde askerliğine karar alınmasını kendisini ortadan kaldırmak için düzenlenmiş bir komplo olarak değerlendirdi. 17 Haziran 1951'de Bulgaristan'a gitmek üzere üvey kız kardeşinin eşi Refik Erduran'ın kullandığı bir sürat motoruyla Karadeniz'e açıldı, yolda rastladığı bir Rumen şilebiyle Romanya'ya gitti, daha sonra Moskova'ya yerleşti. 25 Temmuz 1951'de Bakanlar Kurulu kararıyla Türk vatandaşlığından çıkarıldı.

Nâzım Hikmet mültecilik yılları boyunca birçok uluslararası toplantıya katıldı, Doğu Avrupa ülkelerinin yanı sıra Roma, Berlin, Paris, Viyana, Havana, Pekin ve Tanganika'ya gitti. 1952'de geçirdiği kalp krizinden sonra doktoru Galina Grigoryevna Kalesnikova ile birlikte yaşamaya başladı. 1954'te kendisine anne tarafından Polonya kökenli olması dolayısıyla atalarının soyadıyla (Borzenski) Polonya vatandaşlığı ve pasaportu verildi. Memet Fuat'ın ifadesiyle "Aslında konuk olarak bulunduğu Sovyetler Birliği'ndeki Stalinci yönetimden korkmaması olanaksızdı. (...) Özgürlükçü davranışları, birtakım uygulamaları eleştirisi zaten göze batmakta, arada bir yakınlarınca uyarılmaktaydı. Bir iki kez de sorumlu kişilerce uyarılmıştı." 1956 Martındaki Yirminci Kongre ile başlayan Stalinciliğin tasfiyesi hareketi Nâzım Hikmet'te büyük umutlar uyandırmıştı. Ancak Sovyet bürokrasisini eleştirdiği *İvan İvanoviç Var mıydı, Yok muydu?* adlı oyununun 11 Mayıs 1957'de Moskova Yergi Tiyatrosu'nda bir gün sahnelendikten sonra gerekçe gösterilmeden kaldırılması üzerine hayal kırıklığına uğradı. Kasım 1960'ta bir süredir âşık olduğu, kendisinden 30 yaş küçük tiyatro sanatçısı ve senaryo yazarı Vera Tulyakova ile evlendi. 1961'de 1920'lerde yaşadıklarından esinlenen *Yaşamak Güzel Şey Be Kardeşim* adlı romanını yazdı. Bir kalp krizi sonucu öldü, Moskova'da Novodeviçiy Mezarlığı'na gömüldü.

Yapıtları: Şiir: *835 Satır*, İst.: Muallim Ahmet Halit, 1929; *Jokond ile Si-Ya-U*, İst.: Akşam Mtb., 1929; *Varan 3*, İst.: Muallim Ahmet Halit, 1930; *1+1=1*, (Nail V. ile) İst.: İlhami Mtb., 1930; *Sesini Kaybeden Şehir*, 1931; *Benerci Kendini Niçin Öldürdü*, İst.: Sühulet, 1932; *Gece Gelen Telgraf*, İst.: Muallim Ahmet Halit, 1932; *Portreler*, İst.: Yeni Kitapçı, 1935; *Taranta Babu'ya Mektuplar*, 1935; *Simavna Kadısı Oğlu Şeyh Bedrettin Destanı*, 1936; *Kurtuluş Savaşı Destanı*, İst.: Yön, 1965; *Saat 21-22 Şiirleri*, (haz. Memet Fuat) 1965; *Memleketimden İnsan Manzaraları*, 5 c., (haz. M. Fuat) 1966-67; *Rubailer*, (haz. M. Fuat) İst.: De, 1966; *Dört Hapishaneden*, (haz. M. Fuat) İst.: De, 1966; *Yeni Şiirler*, Ank.: Dost, [1966]; *Son Şiirler*, İst.: Habora, 1970. Adam Yayınları'nca yayımlanan toplu şiirleri: *835 Satır (Jokond ile Sİ-YA-U, Varan 3, 1+1=1, Sesini Kaybeden Şehir)*, İst., 1988; *Benerci Kendini Niçin Öldürdü? (Gece Gelen Telgraf, Portreler, Taranta-Babu'ya Mektuplar, Şeyh Bedreddin Destanı, Şeyh Bedreddin Destanı'na Zeyl)*, İst., 1988; *Kuvâyi Milliye (Saat 21-22 Şiirleri, Dört Hapishaneden, Rubailer)*, İst., 1988; *Yatar Bursa Kalesinde*, İst., 1988; *Memleketimden İnsan Manzaraları*, İst., 1989; *Yeni Şiirler*, İst., 1989; *Son Şiirler*, İst., 1989; *İlk Şiirler*, İst., 1989.

Oyun: *Kafatası*, İst.: Sühulet, 1932; *Bir Ölü Evi yahut Merhumun Hanesi*, 1932; *Unutulan Adam*, 1935; *İnek*, Ank.: Dost, 1965; *Ferhat ile Şirin*, İst.: De, 1965; *Enayi*, Ank.: Dost, 1965; *Sabahat*, İst.: De, 1966; *Ocak Başında-Yolcu*, 1966; *Yusuf ile Menofis*, İst.: İzlem, 1967; *Demokles'in Kılıcı*, İst.: Habora, 1974; *İvan İvanoviç Var mıydı, Yok muydu?*, İst.: Kaynak, 1985. Adam Yayınları'nca yayımlanan toplu oyunları: *Kafatası (Ocak Başında, Bir Ölü Evi; Unutulan Adam, Bu Bir Rüyadır)*, İst., 1989; *Ferhad ile Şirin (Yolcu, Sabahat, Enayi)*, İst., 1989; *Yusuf ile Menofis (Allah Rahatlık Versin, Evler Yıkılınca, İnsanlık Ölmedi Ya, İvan İvanoviç Var mıydı, Yok muydu?)*, İst., 1990; *Demokles'in Kılıcı (İstasyon, İnek, Tartüf-59)*, İst., 1990; *Kadınların İsyanı (Yalancı Tanık, Kör Padişah, Her Şeye Rağmen)*, İst., 1990.

Roman: *Kan Konuşmaz*, 1965; *Yeşil Elmalar*, 1965; *Yaşamak Güzel Şey Be Kardeşim*, İst.: Gün, 1966.

Yazılar: *İt Ürür Kervan Yürür*, (Orhan Selim adıyla) İst.: Selamet B., 1936; *Alman Faşizmi ve Irkçılığı*, (çeviri, derleme) İst.: Kader B., 1936; *Millî Gurur*, İst.: Reklam B., 1936; *Sovyet Demokrasisi*, 1936. Adam Yayınları'nca yayımlanan toplu yazıları: *Sanat, Edebiyat, Kültür, Dil*, İst., 1991; *Yazılar (1924-1934)*, İst., 1991; *Yazılar (1935)*, İst., 1991; *Yazılar (1936)*, İst., 1991; *Yazılar (1937-1962)*, İst., 1992.

Mektuplar: *Kemal Tahir'e Hapishaneden Mektuplar*, Ank.: Bilgi, 1968; *Cezaevinden Memet Fuat'a Mektuplar*, İst.: De, 1968; *Bursa Cezaevinden*

Vâ-Nû'lara Mektuplar, İst.: Cem, 1986; *Nâzım'ın Bilinmeyen Mektupları*, (Adalet Cimcoz'a Mektuplar, haz. Ş. Kurdakul) 1986; *Piraye'ye Mektuplar*, (haz. M. Fuat) 2 c., İst.: Adam, 1988.

Masal: *La Fontaine'den Masallar*, (Ahmet Oğuz Saruhan adıyla) 1949; *Sevdalı Bulut*, 1967; *Masallar (Orman Cücelerinin Sergüzeşti, Sevdalı Bulut)*, İst.: Adam 1991.

Öykü: *Hikâyeler*, İst.: Adam, 1991.

Tanzimattan Bugüne Edebiyatçılar Ansiklopedisi, YKY

SEÇME DENEMELER, YAZILAR RÖPORTAJLAR

Nurullah Ataç
Gene Yalnızlık- Seçme Denemeler
Memet Fuat
Güzelin Yararlısı - Seçme Denemeler
Yaşar Kemal
Neredesin Arkadaşım - Seçme Röportajlar
Sevmek, Sevinmek, İyi Şeyler Üstüne - Seçme Yazılar
Cemal Süreya
Türkçe Bilenin İşi Rast Gider - Seçme Denemeler
Nermi Uygur
Denemeci - Seçme Denemeler

SEÇME ÖYKÜLER

Sabahattin Kudret Aksal
Saatler
Sabahattin Ali
Kamyon
Selçuk Baran
Öğle Saatleri
Vüs'at O. Bener
Havva
Füruzan
Yaz Geldi
Tarık Dursun K.
Sevmek Diye Bir Şey
Yaşar Kemal
Yolda
Nezihe Meriç
Zor Yokuşu
Orhan Pamuk
Ben Bir Ağacım
Marcel Proust
Kibarlar Âlemi - Kayıp Zamanın İzinde
Ömer Seyfettin
Türkçe Reçete
Haldun Taner
Küçük Harfli Mutluluklar
Tomris Uyar
Metal Yorgunluğu

YAPI KREDİ YAYINLARI / DOĞAN KARDEŞ

SEÇME ŞİİRLER

Gülten Akın
Deli Kızın Türküsü
Sabahattin Kudret Aksal
Ne Tuhaf
Özdemir Asaf
Dokuza Kadar On
Ece Ayhan
Şiirimiz Mor Külhanidir Abiler
İlhan Berk
Bir Yeryüzü Tanığı
Edip Cansever
Gelmiş Bulundum
Fazıl Hüsnü Dağlarca
Dağ Uykusu
Metin Eloğlu
Nedircik Yavrusu
Nâzım Hikmet
Henüz Vakit Varken Gülüm
Behçet Necatigil
Eski Sokak
Oktay Rifat
Bir Aşka Vuran Güneş
Cemal Süreya
Üstü Kalsın (haz. Doğan Hızlan)
Turgut Uyar
Göğe Bakma Durağı
Orhan Veli
Sakın Şaşırma

YAPI KREDİ YAYINLARI / DOĞAN KARDEŞ